Abby
Perdidos en el mar

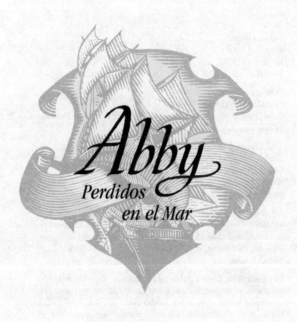

Abby
Perdidos en el Mar

PAMELA WALLS

Publicado por
Editorial Unilit
Miami, Fl. 33172
Derechos reservados

Primera edición 2003
© 2003 por Editorial Unilit
Traducido al español con permiso de Tyndale House Publishers.
(*Translated into Spanish by permission of Tyndale House Publishers.*)

© 2000 por Pamela Walls
Todos los derechos reservados.
Originalmente publicado en inglés con el título:
Abby-Lost at Sea (South Seas Adventure #1)
por Tyndale House Publishers, Inc., Wheaton, Illinois.

Esta novela es una obra de ficción. Los nombres, lugares, per-
sonajes e incidentes son obra de la imaginación de la autora o
usados de una manera ficticia. Cualquier semejanza a sucesos
actuales, escenarios, organizaciones, o personas es pura
coincidencia.

Ninguna parte de esta publicación podrá ser reproducida, pro-
cesada en algún sistema que la pueda reproducir, o transmitida
en alguna forma o por algún medio electrónico, mecánico, foto-
copia, cinta magnetofónica u otro, excepto para breves citas en
reseñas, sin el permiso previo de los editores.

Traducido al español por: Mónica Goldemberg
Ilustración de la portada © 2000 por Jean Paul
Tibbles/Bernstein y Andruilli.
Todos los derechos reservados.
Diseño del interior: ArtServ

Citas bíblicas tomadas de la Santa Biblia, revisión 1960
© Sociedades Bíblicas Unidas y una cita bíblica tomada de
La Biblia de las Américas(LBLA), © 1997 The Lockman
Foundation. Usada con permiso.

Producto 495223
ISBN 0-7899-0967-7

Impreso en Colombia
Printed in Colombia

A MI AMADO
Y A AMY, MANDY Y TED,
QUE SIGUIERON CREYENDO

*Yo estoy contigo,
y te guardaré por dondequiera que fueres.*
GÉNESIS 28:15

Capítulo uno

Octubre de 1847

Abby Kendall, de trece años de edad, cepilló sus rizos color canela que le llegaban hasta los hombros, bostezó y volvió a su tarea de escribir. Este día de octubre, en que el viento cesó y parecía que el cielo se olvidaba de respirar, era extremadamente caluroso, los residentes de Pueblo de San José, California, lo llamaban *verano indio*.

Como consecuencia, el calor que se sentía en la escuela de un solo salón era sofocante. A pesar de que Abby no era amante de los deportes, miró con anhelo por la única ventana de la escuela y pensó en nadar en el arroyo Coyote. Pero lo único que vio fue una hilera de árboles a la distancia, un cielo azul encima de ellos, y olas de calor resplandeciendo débilmente en el vidrio.

Los niños más chicos, sentados al frente, se turnaban para leer en voz alta, mientras que la maestra, la señora Jacinto, ayudaba a otros chicos en la pizarra. Abby echó una mirada a Lucas Quiggley, su mejor amigo. Él notó su mirada y levantó la vista hacia el cielo. Un mechón de cabello desteñido por el sol le

7

cubrió un ojo al inclinarse hacia adelante para murmurar: «Estoy aburrido como una ostra. Preferiría salir a despertar víboras».

Ella asintió con una sonrisa y luego volvió a mirar su tarea sobre la tablilla. Pero hubo un sonido inusual que penetró su cerebro, embotado por el calor.

Ker–zunk, ker–zunk.

Abby se sentó erguida. *¿Qué es eso?* se preguntó. Miró hacia la puerta de la escuela. Alguien, o algo, subía los cuatro escalones de madera de la escuela.

Ker–zunk, ker–zunk. Era algo perturbador.

Abby contuvo el aliento cuando la puerta se abrió. Un sentimiento de muerte, como una fría brisa, se apoderó de ella. De reojo vio que la cabeza de Lucas también giraba hacia la puerta.

Ker–zunk, ker–zunk.

Contra el cielo de octubre se vio el contorno de un marinero de pecho ancho, este hizo una pausa antes de entrar. Enseguida Abby notó que una sola de sus piernas era normal. De la rodilla hacia abajo no tenía la otra pierna; en su lugar había una de madera. Asombrada, Abby abrió muy grande los ojos. Al ver sus pantalones de dril y la camisa de algodón, no cabía duda alguna de que era un marinero, pero su pata de palo le daba un aire de pirata.

En ese preciso momento la señora Jacinto se dio vuelta.

—¿Quién… quién es usted? —preguntó sorprendida.

Los libros McGuffey quedaron olvidados cuando todas las cabezas de los lectores se dieron vuelta para mirar al extraño. De inmediato los niños se callaron.

Ker–zunk, ker–zunk. La pata de palo del extraño hizo un sonido hueco al pisar en el piso de madera del aula. Sus cejas oscuras se unieron.

—Busco a Abigail Kendall.

Sus ojos negros recorrieron el aula. Abby sintió que las manos se le humedecían y enfriaban. Le dio un vistazo a Lucas, que estaba con la boca abierta como una puerta de establo, y tragó en seco..

—Yo… yo soy Abby Kendall.

El marinero comenzó a caminar hacia ella… *Ker-zunk, ker–zunk*. Detrás de ella Abby escuchó la voz de la señora Jacinto.

—Bueno, ¿de qué se trata?

Pero Abby no quitaba la mirada del hombre cojo que se le acercaba, llevaba un arete que se movía cada vez que daba un paso. Sacó un sobre doblado de debajo de su zarrapastrosa vestidura. Cuando se detuvo delante de Abby, ya la señora Jacinto se había apresurado a pararse junto a ella. Apoyó una mano en el hombro de Abby, apretándola con los dedos. El marinero inclinó la cabeza hacia la maestra.

—Me parece que aquí no reciben muchas visitas.

Cuando se rió, Abby notó sus dientes ennegrecidos. La señora Jacinto frunció los labios y carraspeó.

—¿En qué puedo servirlo, señor? —el tono de su voz fue firme, pero temblaban sus dedos en el hombro de Abby.

—El dueño de la tienda me dijo que Abigail estaba aquí. Tengo que regresar al barco y no puedo ir hasta el campo a buscar a su papá.

A pesar de que el marinero tenía un aire siniestro, la curiosidad de Abby crecía *¿Quién es y por qué me busca?*

—Señor, ¿usted viene del Pacífico Sur? —le preguntó con el corazón acelerado por la expectativa.

—Sí, desde las islas del Pacífico; y mi capi trajo esto. —El marinero acomodó el sobre con sus manos llenas de callos y dejó el sobre en el pupitre de Abby. Esta sintió el fuerte olor a sudor y un tenue olor a mar salado.

—Esta carta es de un tal Samuel Kendall —dijo él con una ceja levantada, mirando por sobre la cabeza de Abby a las caras hipnotizadas de sus compañeros —. Mi capi y él son amigos y yo debo entregar esto a un familiar.

—¡Tío Samuel! —exclamó ella entusiasmada—. *¡Ah, espero que haya enviado otra historia de las islas!*

Nada le gustaba más a Abby que soñar con viajes y aventuras con Lucas, especialmente a lugares lejanos y misteriosos.

El marinero le clavó la mirada.

—¿Se la puedes llevar a tu Pa por mí?

Abby tomó el sucio sobre y sonrió.

—Lo haré. Gracias.

Pero ya el marinero se dirigía hacia la puerta mientras que con su pata de palo iba haciendo un ruido irregular. Entonces la puerta se cerró de golpe detrás de él. Todos comenzaron a hablar al mismo tiempo. La señora Jacinto palmeó con fuerza.

—¡Silencio! —se llevó una mano a la frente—. ¡Ay, Abigail! Espero que tu tío no nos envíe más visitas sorpresas.

Abby guardó la carta en su libro de bosquejos y de mala gana la puso a un lado.

—Eso espero, señora. Lamento la interrupción, pero a menudo tío Samuel manda cartas con marineros que vienen para aquí.

Miró a Lucas que se esforzaba para no reírse.

—Abigail, ¿dónde vive exactamente tu tío?

—En las islas Sandwich, señora.

En ese momento Sara, la hermana de Abby, de ocho años de edad, levantó la mano y no esperó a que la señora Jacinto la llamara.

—Ma dice que es ahí donde los nativos bailan a la luz de la luna.

—Sara, ya es más que suficiente —dijo la señora Jacinto.

Miró a algunos niños con mirada fulminante, lo que los hizo callar; aunque la mayoría estaba demasiado excitada como para concentrarse en sus tareas.

—Niños, casi está por terminar el día. Saldremos temprano para jugar en el jardín.

Se escucharon gritos de guerra mientras los niños salían por la puerta como una manada de búfalos.

—¡Abby! ¡Abby!

Los amigos de Abby, de todas las edades, en la escuela de una sola aula, se reunieron alrededor de ella, esperando oír algo más de su tío o del marinero con la pata de palo.

Sara se acercó rápidamente.

—Abby, ¿te asustaste? Yo sí. Parecía ser tan feroz como uno de esos «busca henos» que vimos en los libros de Pa.

Abby sonrió y se echó para atrás el cabello que le caía sobre los hombros.

—Bucaneros, hermanita.

Los ojos azules de Sara brillaron de excitación.

—¿Qué pasó con su otra pierna?

—Probablemente lo mordió un tiburón —dijo Lucas con autoridad. Sus ojos verdes bailaban por la emoción de la aventura—. Me matan los deseos de que hagamos un viaje como los que hace él.

Los ojos de Abby reflejaron una mirada soñadora.

—A mí también. Islas exóticas y gente con lenguas extrañas. Pero —se inclinó, volviendo a la realidad—, yo me llevaré mi cepillo y el polvo para limpiarme los diente. ¿Vieron sus dientes?

—Apuesto a que tiene mal aliento —respondió Sara—. Nadie lo besaría, aunque tuviera un tesoro de pirata.

Lucas se rió, pero Abby movió la cabeza.

—Sara, hasta los marineros tienen sentimientos. Dios no quiere que digamos cosas malas de las personas.

—Bueno, está bien. Casi seguro que su mamá lo besará en la frente —pateó un terrón y se fue corriendo.

El sonido del silbato de madera de la señora Jacinto los llamó al orden. Al agruparse alrededor de ella, anunció:

—Hoy Jacobo y Kyle serán los capitanes de equipos.

Luego del anuncio vino una ola de discusión. Para la carrera con relevos nunca habían elegido capitanes a los niños de diez años de edad. Cuando Abby cruzó miradas con Lucas, notó que su sonrisa había desaparecido. Por lo general, lo elegían a él como capitán de un equipo, y él siempre la elegía a ella primero, a pesar de que era la corredora más lenta de la escuela. Todos sabían que Abby había heredado las piernas de su mamá; una condición que la hacía correr con lentitud y cansarse rápido. Ahora no había nada que él pudiese hacer por ella.

El estómago de Abby reaccionó como si hubiera tomado leche rancia, pero intentó bromear al respecto. «Prepárense para ver otro espectáculo de la liebre y la tortuga, yo haré de la perdedora».

Tomó su camisa de algodón para secarse las manos húmedas. Uno a uno los chicos fueron desapareciendo de su lado, después que uno de los capitanes de equipo los elegían. De repente, ella era la mayor y la más alta que quedaba junto a unos cuantos renacuajos. Para empeorar las cosas, fue la última que escogieron. Le tocó ir al equipo de Jacobo.

Lucas miró desde la fila del equipo de Kyle.

—Eh, dejaron lo mejor para el final.

Ella supo que su sonrisa tenía la intención de animarla, pero estaba demasiado apenada para sonreírle. Dos redondeles rojos de humillación se formaron en las mejillas de Abby. Solo Abby notó, a pesar del alboroto por el entusiasmo, que Lucas se trasladó desde el principio de la fila hasta el último puesto para estar a la par de ella.

La señora Jacinto levantó su brazo, dejó caer un pañuelo blanco y salieron los primeros corredores. Durante los próximos minutos el equipo de Lucas iba más adelantado que el de Abby, volando por la marca de la mitad del recorrido y regresando primero para pasar la posta al siguiente corredor en fila. Sin embargo, a mitad de la carrera el equipo de Abby le llevaba medio trecho de ventaja al de Lucas.

Aumentaron los gritos cuando los pocos corredores que quedaban llegaron al frente de la fila. El corazón de Abby latía fuertemente. Su equipo le llevaba un trecho de ventaja al de Lucas. A pesar de eso, ella no tenía posibilidad alguna. ¡Tenía que correr contra Lucas, el chico más rápido de la escuela! Haría perder a su equipo y todos la odiarían.

Abby llegó al principio de la fila, esperando la posta mientras su compañero de equipo corría velozmente hacia ella. Lucas se encontraba al lado de ella, esperando por su compañero, quien todavía no había llegado hasta la marca de la mitad. Cuando el compañero de Abby le alcanzó la posta con el brazo extendido, ella la tomó y corrió lo más rápido que pudo. Tenía una buena ventaja. Abby apretó fuerte la posta en su mano sudada, mientras que con la otra, se sujetó la falda para que no le molestase. Le dolían los pulmones y los ojos le lagrimeaban por el esfuerzo. Se esmeró más que nunca. Escuchó un gruñido justo antes de dar la vuelta a la marca, señalando la mitad del recorrido para volver a la línea de llegada. Cuando vio a Lucas inclinarse para recoger la posta del suelo se dio cuenta por qué los compañeros de Lucas se lamentaban. Ahora Lucas estaba erguido y corría velozmente.

Abby escuchó el aliento de sus compañeros al aproximarse a la recta final. ¡Tenía una posibilidad! ¡Por primera vez en su vida podría no perder una carrera de relevos! Estaba a mitad de la recta final, y Lucas recién daba vuelta a la marca media. Cuando estaba a punto de llegar, escuchó los pasos de Lucas acercándose por atrás. Los enloquecidos gritos de sus compañeros eran la señal de que la carrera era pareja, muy pareja, aunque ella no se animó a mirar por encima del hombro.

Abby se tiró por la línea de llegada, doblada, exhalando agitada. Nunca hubiera pensado que tenía la posibilidad de ganarle a alguien, menos a Lucas. Al erguirse nuevamente sintió las palmadas de sus compañeros en la espalda. Sara se acercó y le tomó la mano. «¡Ganaste!»

Por un momento Abby se complació de alegría, aplazando una completa humillación. Luego vio a Lucas parado con la cabeza gacha, pateando la tierra con su bota. Sus compañeros lo rodeaban en silencio. La señora Jacinto sonó su silbato.

—¡Buena carrera! —gritó—. Ahora todos recojan sus libros. Pueden irse.

Lucas levantó la vista y vio la cara de felicidad de Abby. Ambos intercambiaron sonrisas, y justo antes de entrar al aula, él le guiñó un ojo. Fue ahí cuando Abby lo supo. ¡Había dejado caer la posta a propósito para darle a ella más tiempo!

Ella siguió su esbelta figura hasta el aula. Tomó su cuaderno de bosquejos y su pizarra y los ató con su cinto de cuero para llevárselos, tragando el sentimiento que le subía por la garganta.

Oh, Lucas, pensó mientras ajustaba el cinto, *eres el mejor amigo que he tenido.*

Abby nunca sospechó que la carta dentro de su cuaderno de bosquejos cambiaría todo eso.

Capítulo dos

¿Alguna vez escuchaste de la tortuga que tragó pólvora? —les preguntó Lucas a Abby, a Sara y a Jacobo mientras caminaban de regreso a la casa después de la escuela.

Sara, vestida con un traje de percal rojo y un delantal blanco, miró intrigada a Lucas.

—No, ¿qué pasó?

—Bueno, pasó velozmente a la liebre, ganó la carrera y fue la invitada de honor a una cena —Lucas hizo una pausa para mirar a Abby—. Donde sirvieron filete de tortuga a la parrilla.

Sara y Jacobo rieron. Abby levantó una ceja.

—A pesar de eso estoy segura de que la tortuga disfrutó haber ganado por una vez en su vida. En cuanto a la cena… la liebre se lo merecía.

Sara parecía confundida, pero se encogió de hombros y se les adelantó por el camino de tierra.

Lucas miró a Abby y le preguntó:

—¿Vas a leer la carta?

Ella apretó el cinto que ataba su pizarra y su cuaderno.

—Me muero de las ganas, pero está dirigida a Pa.

—¡Qué pena! —exclamó Lucas—. Supongo que tendré que esperar hasta mañana para saber las novedades de tu tío.

Dándose vuelta hacia Jacobo, Lucas le preguntó:

—¿Todavía estarán picando los peses en el arroyo Coyote?

Pronto Abby perdió interés en la conversación. Al divisar un destello azul en un árbol cercano, desprendió el cinto, abrió su cuaderno de bosquejos y sacó un lápiz del bolsillo del delantal. Sus ojos se entrecerraron al enfocar la urraca que tenía delante, capturando su belleza con movimientos suaves. La urraca inclinó la cabeza hacia un lado como preguntando: ¿Tomaste mi mejor perfil?

A estas alturas ya Sara se había adelantado a los demás y los estaba esperando. Miró hacia atrás y frunció el entrecejo; su pelo rubio claro se soltó de la trenza y sus ojos mostraron su irritación.

—¡Vamos, Abby! —gritó desde la curva del camino que llevaba a su cabaña de tres habitaciones—. Ma nos debe estar esperando con galletitas calientes.

Abby siguió dibujando, estaba muy ocupada para prestarle atención a Sara. Un repentino golpe en la espalda hizo que perdiera el control del lápiz, haciendo una línea en su dibujo.

—¡Lucas! —gruñó Abby, mirándolo con ojos bien abiertos.

La urraca graznó fuerte y voló, dejando un brillo en el cielo gris. Lucas la miró, forzando una sonrisa, frunciendo un hoyuelo en su mejilla izquierda. Sus ojos verdes brillaron traviesos.

—Vamos, Abby, ¿por qué tienes que dibujarla si tenemos miles… por todas partes? —dijo, mirando hacia los costados y pellizcándole la nariz levemente respingada.

La boca de Abby se transformó en una línea recta.

—¿Nunca escuchaste hablar de arte… cultura… placer civilizado?

—¿Quién quiere sentarse a dibujar o a escribir poemas cuando allá afuera hay un mundo por explorar? —preguntó él.

Se impacientaba siempre que ella se detenía a dibujar o a escribir poemas. Una vez la acusó de llevar frases en la mente como la mayoría de la gente lleva pastillas de menta en sus bolsillos.

—Para que sepas, a mucha gente le gusta el arte y paga una buena cantidad de dinero por libros de arte.

Abby cerró el cuaderno, ajustó el cinto y se colocó el lápiz detrás de la oreja. Suspiró y comenzó a caminar.

—¿Cómo crees que se ganó el dinero Joseph Banks, el botánico que acompañaba al Capitán Cook en sus aventuras en el mar?

—¿Arte? —preguntó Lucas, arqueando las cejas.

Abby asintió con la cabeza.

—Es famoso por documentar toda la flora y fauna en el Pacífico Sur.

Lucas frunció el entrecejo.

—¿Qué tienen que ver la flora y la faena con el arte?

Abby meneó la cabeza.

—¡Flora y fauna… significan las plantas y los animales de todas las islas que visitó! Lucas, me sacas
de quicio.

Él no hizo caso del comentario.

—Entonces, ¿hizo dinero de sus aventuras? Eso
es ser inteligente —dijo Lucas mientras se ponía
una hoja de pasto entre los dientes y se quitaba el cabello lacio de la frente—. Entonces sigue adelante
Ab. Tal vez algún día nos hagas ganar dinero. Eso
nos ayudará cuando salgamos a hacer las aventuras.

Abby rió irónicamente. Desde que se conocie-
ron, hace tres años cuando él llegó solo de Pensilvania, ella y Lucas soñaban con viajar. Lucas trabajó
junto a Pa en las últimas tres cosechas y se convirtió
en un nuevo miembro bienvenido en la familia,
algo así como el hijo que Pa nunca tuvo, aunque Lucas vivía con su adinerada tía D.G.

—Quizás sigamos los pasos del señor Banks
—continuó Lucas, mirando el movimiento de las
ramas de los árboles a causa de las ráfagas de viento—. Nuestra primera parada podría ser el rancho
de tu tío en las islas Sandwich.

Abby se mordió los labios. Habían leído con
atención cada carta que escribió el tío Samuel y me-
morizaron el mapa de la isla que él dibujó.

—Quizás. Estoy impaciente por leer esta última
carta.

Lucas se tiró cabeza abajo y siguió caminando sobre la palma de sus manos con las piernas rectas en
el aire.

—Déjame saber las novedades —dijo poniéndose de pie—. Te veo después.

Saludó con la mano y tomó la bifurcación del camino hacia la izquierda.

Durante un momento Abby se quedó mirándolo. Luego exclamó:

—¿Puede la liebre acompañar a la tortuga a una cena de celebración esta noche?

Lucas se dio vuelta.

—Tengo muchas tareas domésticas. Tal vez mañana —dijo.

Abby lo saludó con la mano.

—Será mejor así, cenaremos guiso de conejo.

Lucas abrió la boca a todo lo que daba. Luego movió la cabeza se sonrió y se marchó por el camino que llevaba a la mansión de su tía. Abby levantó la vista. Se aproximaban grises nubarrones sobre los pinos de las montañas Santa Cruz, a la distancia, y en el viento se sentía el olor a lluvia. Se dio vuelta en dirección a su casa y vio a Sara parada con las piernas abiertas y las manos en la cadera.

—Eres taaan lenta —la acusó Sara antes de seguir, llegando primera a su cabaña, al final del camino.

—¡Hoy no! —gritó Abby, recordando su dulce victoria.

Vio cómo su ágil hermana trepaba por el viejo árbol de duraznos junto a la cabaña.

Abby equilibró los útiles escolares sobre los postes de la cerca del jardín y luego tomó el brazo de la bomba de agua. El metal estaba frío. Después de tres bombeadas, el líquido plateado salió en un chorro que golpeó las piedras que estaban debajo. Al inclinarse, las gotas de agua le salpicaron los zapatos llenos de polvo, bebió un sorbo y luego se refrescó la cara. Se secó las mejillas con las mangas de su camiseta de algodón color crema.

—Vamos —dijo por sobre su hombro mientras recogía los libros.

Pero Sara no le prestó atención y siguió balanceándose boca abajo en una rama, con la falda por encima de la cabeza, mostrando los pantaloncillos a todo el mundo. Abby subió los peldaños del pórtico y abrió la puerta de la cabaña.

—¡Ma! —gritó—. ¡Hoy recibimos una carta de tío Samuel!

Charlotte Kendall levantó su mirada de las papas que cortaba en la mesa de la cocina.

—¿De veras? —preguntó con una mirada de intriga en sus ojos marrones—. ¿Quién la trajo?

En ese momento Sara entró, corriendo por la puerta.

—¡Un pirata, Ma! Era grandote y feo; tenía una pata de palo y también tenía un mal olor muy fuerte.

Los ojos de Ma mostraban sorpresa, pero Abby consintió con la descripción de Sara.

—Ma, es verdad —dijo mientras dejaba los libros en la mesa para sacar la carta y entregársela.

Su mamá se limpió las manos en el delantal y con cuidado abrió el sobre, usando el cuchillo para pelar. Leyó la carta en silencio, ignorando las súplicas de Sara para que la leyera en voz alta.

Sorprendida, Abby vio cómo su mamá se desataba el delantal asegurándose el moño del pelo. Ma recogió la carta y con calma la guardó en el sobre.

—Abby, encárgate de las papas y de barrer. Voy a buscar a tu papá.

Abby abrió los ojos desmesuradamente. Su mamá nunca iba a buscar a su papá dos horas antes de que él estuviera listo para regresar. Vio cómo desaparecía por la puerta y entonces fue en busca de la escoba.

Si había algo que a Abby le disgustaba hacer era barrer. Pero en ese momento no tuvo ganas de quejarse. Escuchó a Sara quejarse porque Ma se había ido sin darle algo de comer, pero Abby no reaccionó. Había otra cosa por la cual preocuparse. Era la pequeña voz de advertencia que le habló cuando escuchó el primer *Ker-zunk* en los escalones de la escuela.

Esa sensación premonitoria era más fuerte ahora. ¿Qué decía la carta que hizo que Ma saliera a buscar a Pa? Abby presintió que no le iba a gustar la respuesta.

Capítulo tres

Abby barrió las tres habitaciones de la cabaña y le agregó papas al guiso de conejo que estaba en la cacerola sobre el fuego. Luego se fue a caminar con Sara para pasar el tiempo hasta que regresara Ma.

Al regresar, Sara se trepó al árbol junto a la cabaña mientras Abby entraba a la casa. Se detuvo al ver a sus padres sentados a la mesa de la cocina. Thomas Kendall, su Pa, estaba en casa antes de la hora acostumbrada. Su mano de gran tamaño cubría la taza de café apoyada sobre el mantel rojo y blanco cuadriculado. Abby notó una mancha de suciedad en la mejilla de Pa y su cabello castaño, tan rebelde como el de ella, cuyos rizos cubrían el cuello de su camisa.

Durante unos segundos nadie habló. Abby escuchó el tictac del reloj de cuerda que colgaba de la pared y el leve burbujeo de las papas en la cacerola. Su mamá levantó la mirada desde donde estaba sentada.

—Abby, siéntate. Tenemos que decirte algo.

Se le apretó el estómago por la seriedad del tono de su madre. *¿Habría muerto alguien?*

Con sus grandes manos Pa quitó las migas de pan que estaban sobre el mantel.

—Abigail, sabes que hoy recibimos una carta de tu tío Samuel. De hecho, me enteré que te la entregó un pintoresco personaje. Pues bien, nos trajo noticias importantes. Mi hermano está muy enfermo. Tiene una fiebre que viene y va y lo debilita. Parece que la ha estado padeciendo desde hace meses. Nos pide que vayamos a ayudarlo con su rancho.

El corazón de Abby, lleno de esperanza, aceleró sus latidos. ¡Sería maravilloso conocer las islas Sandwich, su misteriosa gente y las flores fragantes que su tío describía!

Su mirada se encontró con la amorosa mirada de su mamá.

—Cariño, tu papá y yo debemos ayudar a la familia. Hemos decidido salir inmediatamente. Tío Samuel nos necesita, y tú sabes que aquí no hay nada que nos retenga.

Abby supo que su mamá se refería a que no eran dueños de las tierras en Pueblo de San José. Pero cuando repentinamente pensó en Lucas, su corazón comenzó a latir más rápido.

—Ma, ¿qué pasará con el trabajo de Pa en el rancho del señor Morgan, y con todos nuestros amigos?

Ella y Lucas habían pensado en viajar, ¡pero no esta semana!

—¿Y Lucas? ¿Se puede ir con nosotros? Quiero decir, estará perdido sin nuestra familia. *¡Y él es mi mejor amigo!* ·

—Princesa —dijo su papá, utilizando el sobrenombre que por lo general reservaba para momentos delicados— estoy pensando en hablar con la tía de Lucas, pero no te ilusiones mucho con su respuesta.

—¡Pero, Pa, tiene que ir con nosotros! —exclamó Abby.

Instintivamente se llevó la mano a la garganta y a la cruz que le colgaba del cuello. Hecha con finas capas de filigrana de oro, la cruz colgaba de una delicada cadenita. Fue el regalo de cumpleaños que Lucas le hizo el año pasado.

Su papá se levantó de la mesa y fue hacia ella. Sus grandes botas tenían polvo; todo en él era grande. Abby levantó la vista para mirarlo y se vio reflejada en sus ojos azules. Luego vio que el rostro tenso de su papá se relajaba.

—Princesa, tú sabes que quiero tanto como tú que venga Lucas, pero tenemos que aceptar la decisión de su tía.

Los ojos de Abby parecían fuego vivo.

—¡Pa, ella no hará lo que es mejor para él! Nunca fue amable, ni siquiera cuando él llegó aquí. Esa mujer es malvada, Pa. ¡Su corazón está lleno de veneno!

—Abigail, es mejor no juzgar lo que no sabes. Tu Pa hará todo lo que pueda —dijo su mamá con voz firme.

Los ojos castaños de su mamá se enternecieron al quitar un mechón de pelo de la cara a Abby.

La atormentada mirada de Abby iba y venía de su madre a su padre. Ellos estaban de acuerdo con la decisión tomada; pero solo pensar en dejar su casa y a su mejor amigo, aunque fuese nada más por unos meses, la hicieron enfurecer.

—¿Cuánto tiempo nos iremos? —demandó.

Cuando sus padres se miraron seriamente, supo lo que significaba ese silencio.

—¡No me van a decir que viviremos allí para siempre! —dijo con un sonido asfixiante poniéndose de pie—. ¡No me iré!

Abby corrió afuera de la casa, haciendo que la puerta golpeara detrás de ella, bajó velozmente los escalones y atravesó el jardín. Cuando se dobló el tobillo con una piedra, dio un respingo de dolor pero rehusó aminorar su paso.

Sara dejó de balancearse en la rama del árbol y se tiró al suelo, al ver a su hermana cojeando y con lágrimas en los ojos.

—¿Qué sucede? —le preguntó a Abby, retrocediendo.

Abby estaba demasiado enojada como para detenerse, así que gritó por encima de sus hombros.

—¡Ma y Pa quieren mudarse a las islas Sandwich con el tío Samuel!

—¿Te refieres a donde los nativos bailan a la luz de la luna? —Sara parecía anonadada.

Abby, echando una mirada hacia atrás, vio cómo las cejas rubias de Sara se arqueaban por el asombro.

—Así es —dijo Abby agradecida de que su hermana entendiera lo terrible de la situación.

—¡Ma! —gritó Sara—. ¡Ma!

Ma abrió la puerta principal y salió al angosto pórtico, mostrando preocupación en su rostro. Abby iba cojeando por el camino de tierra, pero todavía oía la voz de Sara.

—¿Ma, es esto cierto? ¿Nos iremos con el tío Samuel para tener una verdadera aventura?

Asombrada, Abby quedó boquiabierta.

¡Traidora! ¿No se da cuenta que esto significa abandonar a todos nuestros amigos?, pensó.

En ese momento Abby escuchó las botas de su papá en el pórtico.

—Así es, pequeña —contestó él jovialmente—. Vamos a subir a una goleta y a navegar por el ancho Océano Pacífico. Tendremos la oportunidad de ser dueños de unos terrenos y comenzar una nueva vida.

Abby aceleró el paso a pesar de que ahora le latía el tobillo. *¡No quiero una vida nueva! ¡No sin Lucas! ¡Ustedes tampoco deberían quererla!*

Estaba bastante lejos como para escuchar pero sentía que la mirada de su mamá le taladraba la espalda a través del huerto de árboles de mostaza y duraznos. Pero no se daría vuelta para ver esos ojos.

Mamá pudo haber detenido esto. ¿Por qué no lo hizo? ¿No sabe que destrozará el corazón de Lucas si nos vamos sin él?

Un cuervo se posó en un aliso cercano. *¡Cau! ¡Cau! ¡Cau!* El afligido llanto se parecía al de su corazón.

El viento trajo el aroma del agua del arroyo. Las hojas de otoño volaban libremente del montón de hojas marchitas y barrenaban como cangrejos por el camino. A pesar de que no era la hora de ponerse el sol invernal, las nubes que se aproximaban pronto oscurecerían el paisaje.

¡Ay! ¿Por qué yo traería esa carta a casa?, se preguntó Abby. El día había amanecido como cualquier otro, pero trajo las peores noticias de su vida.

Su cabello color té se sacudía delante de su cara, tapándole la visión. *Así también están las cosas. Es como no poder distinguir el futuro.*

Siempre había pensado que su familia se quedaría en Pueblo de San José hasta que ella y Lucas fuesen lo suficientemente grandes como para hacer sus vidas. Una hora antes deseaba vivir una aventura; pero jamás sin Lucas.

¿Cómo iba a decirle que se marchaban? Las lágrimas se agolparon en sus ojos al recordar cuando él le guiñó el ojo por la tarde. Sabía lo mucho que él contaba con ellos como su propia familia. Sabía más que nadie lo que a él le ocasionó el abandono que ya había sufrido.

A la distancia, el siniestro rugir de los truenos sacudió el valle Santa Clara. Pero Abby no necesitaba oírlos para saber que se encaminaba hacia una tormenta.

Capítulo cuatro

Durante un largo rato Abby caminó en la penumbra. Sentía una gran tristeza aunque sus lágrimas ya se habían secado.

No había pensado ir a la casa de Lucas, pero de repente se encontró allí, en el portón que llevaba a la mansión de blancas paredes.

Chispa, el perro de raza collie, la saludó con un gemido y apoyó el hocico en su mano. Ella lo acarició en la cabeza. «¿Oye, dónde está Lucas?» El perro pareció notar la emoción de Abby y dio otro gemido, moviéndose a su lado, hacia adelante y hacia atrás.

«Busca a Lucas» le ordenó Abby y el perro se marchó hacia el establo. Abby lo siguió, evitando que la viera Dagmar, la tía de Lucas.

Entró por la puerta del establo y sintió el característico olor a vaca. El establo estaba tranquilo, excepto por el ruido que hacía el heno cuando lo revolvían. Bajo la tenue luz de la linterna Abby pudo ver a Lucas parado junto a una pila de paja con una horca en la mano.

Se secó la frente con la mano y siguió trabajando. Abby estaba sorprendida de lo mucho que él había crecido en los últimos meses. Duros años de trabajo en la granja lo hicieron fornido y atlético. Ella sabía que a él le gustaba, como si su cuerpo necesitase el movimiento. También sospechaba que el trabajo le recordaba los tiempos felices en Pensilvania, antes que su mamá y su papá murieran de cólera y lo obligaran a venir a vivir con su tía.

Cuando Abby se acercó al extraño de la escuela no se imaginó que terminaría siendo su mejor y más leal amigo. A él no le importaba que ella hubiera nacido con una deficiencia en las piernas, de la cual los médicos dijeron que nunca mejoraría. «Abby, esto solo te hace un poco más lenta. Pero aquí arriba eres mucho más rápida que la mayoría», le dijo tocándole la frente.

Ella recordó la primera vez que lo invitó a su casa a comer galletitas. Él saltó de alegría ante este gesto de amistad, como si estuviera hambriento de cariño.

«Tía Dagmar lleva la casa con mano de hierro en guante de seda» le dijo. Antes de que Lucas llegara ya ella había oído hablar de Dagmar Gronen y sabía que la consideraban una mujer de negocios difícil de tratar. En la mansión Gronen nunca se demostraba el amor, pero la familia de Abby tenía mucho para dar. Así comenzó un compañerismo que echó raíces profundas en los dos.

Ahora Chispa se acercó a Lucas, como si estuviera orgulloso del regalo que le traía a su dueño. Lucas hizo una pausa y vio la silueta de Abby contra la puerta.

—Abby, ¿qué haces aquí tan tarde? —preguntó Lucas.

Ella se acercó sin contestar. Al verlo, se le hizo un nudo en la garganta. Lucas dejó la horca y caminó apresuradamente hacia ella.

—¿Qué sucede? —pero al ver su rostro la tomó del brazo.

—Dime —su voz era brusca.

—Mi tío está enfermo... Y nos pide que nos mudemos a las islas Sandwich para ayudarlo en su rancho.

Lucas le soltó el brazo y se apartó cuando ella terminó la oración.

—¿Y tus padres se van a mudar?

—Sí, pero quieren que tú también vengas. Pa va a hablar con tu tía para pedírselo.

Abby habló rápido, intentando quitarle el dolor que le había causado.

—Ella no me dejará ir —dijo él llanamente— su mayor placer es controlarme y no podría hacerlo si no estoy aquí.

—Ay, Lucas... —suspiró Abby. Necesitaba hablarlo con su mejor amigo, pero todo lo que decía lo lastimaba terriblemente.

—¿Qué vamos a hacer? —le preguntó mientras se arrodillaba en la pila de paja.

Las lágrimas llegaron hasta el borde de sus puntiagudas pestañas.

Lucas pateó el heno y se alejó sigilosamente. Caminó hacia una vaca y como muestra de su irritación, le dio un manotazo en el cuarto trasero. El animal mugió en protesta y giró la cabeza para

33

mirarlo con ojos acuosos mientras él apoyaba la cabeza en el costado de la vaca.

Ella se dio cuenta de que su silencio decía mucho. Él se esforzaba, tratando de controlarse.

Pero si Lucas hubiera cedido al deseo de sentir lástima de sí mismo, ya para entonces sería una cualidad muy bien desarrollada en él. Abby lo observó en la tenue luz. Finalmente, él levantó la cabeza y enderezó los hombros. Se acercó y se arrodilló en el heno junto a ella.

—He aprendido algo —dijo él—, en la vida tienes que andar tu propio camino. La gente siempre te va a decepcionar... o te va a abandonar.

Abby miró su hermoso semblante, observó la nariz recta y los deslumbrantes ojos verdes que miraban decididos a los de ella.

—Sí —dijo ella lentamente—, la gente sí, pero Dios... no.

Se preguntó si en verdad ella creía eso. Durante años había ido a la iglesia con sus padres, cantó los himnos y memorizó los versículos de la Biblia, pero nunca había experimentado una prueba en su vida... hasta este momento. Ahora las dudas se apilaban como nieve llevada por el viento en una tormenta invernal. *¿Cómo permitía Dios que esto sucediera?*

Lucas tomó la pequeña cruz que llevaba al cuello y sonrió.

—Sé que usarás bien la cruz de mi mamá. Necesitaba alguien que tuviese la misma fe que ella tenía y, definitivamente, ese no soy yo.

Abby se mordió el labio inferior. *Lucas, probablemente tampoco sea yo.*

Lucas se marchó, sacudiendo la cabeza.

—Vamos, te llevaré a tu casa. Sé que para ti el recorrido de ida y vuelta es una larga caminata —le dijo.

Tomó el freno y lo puso con cuidado sobre la cabeza de Relámpago. En un movimiento fluido se subió a la yegua y le dio vuelta para pararla junto a un fardo de heno. Abby se paró en el fardo y montó detrás de él. En ese momento se escucharon unos truenos que sonaron como gigantes arrojando piedras.

—¿Y tu tía? Llegarás tarde a cenar.

—En este momento eso no me importa.

Se estiró para apagar la linterna que colgaba de la puerta del establo. Su voz estaba contraída por la ira contenida. La sombra gris que daba la puerta del establo se tornó en oscuridad. Hacia allí se dirigieron.

—Abby, agárrate fuerte. Tengo ganas de galopar.

Agitó el paso de la yegua y la dirigió hacia el oscuro camino. Abby se agarró fuerte a su cintura mientras galopaban por el camino con su cabello rebotando alocadamente. Sus rizos serían una maraña imposible; como lo era su vida. Luego se abrieron las nubes, y la fría lluvia les golpeó en la cara.

Veinte minutos más tarde regresó Lucas, empapado hasta los huesos y temblando de frío. Encendió la lámpara del establo y comenzó a secar a Relámpago con bolsas de arpillera.

La yegua estornudó mientras golpeaba el suelo con las patas; sus flancos todavía estaban calientes por el galope. De repente, una sombra cruzó delante de la luz de la lámpara. Antes de darse vuelta sintió la presencia de ella.

«Llegaste tarde». Lucas vaciló ante la voz de Dagmar Gronen. Llevaba puesto algo de seda negra y sostenía un parasol mojado sobre su cabeza. Su cabello gris estaba sujeto en un rodete a la altura de la nuca, pero nada de esto suavizaba su porte.

Lucas notó la pequeña curva en su labio superior cuando lo encontraba haciendo algo por lo que lo podría castigar. Sabía que ella disfrutaría los minutos siguientes, dado que le había dado la oportunidad perfecta. Llegar tarde a la cena. En su palacio, uno no rompía con el horario de la cena, ni ninguna de las muchas otras reglas, sin recibir un castigo.

—Pido disculpas por llegar tarde, tía Dagmar. Es mi culpa.

Había aprendido que reconocer inmediatamente su error lograba quitarle algo de energía a la ira.

—¡Estás mojado! No te atrevas a entrar a mi casa goteando. Quítate aquí la ropa y sécate con las bolsas de arpillera.

—¡Pero tía, no tengo otra ropa que ponerme!

La conmoción hizo que olvidase su propia regla de aceptación silenciosa. Pensó en la cocinera María y en Corbin, el mayordomo. ¡Tendría que usar bolsas de arpillera para entrar a la casa!

—Debiste pensar en eso antes de decidir retrasar nuestra cena. —Dagmar se quitó un mechón de cabellos de la frente que parecía un alambre y respingó—: Corbin puede traerte algo para que te pongas, pero mañana tus amigos no podrán visitarte.

Lucas bajó la cabeza y apretó los puños. Al levantar la cabeza tenía muy marcadas las venas del cuello y le ardían los ojos, pero se esforzó para que su voz sonara tranquila.

—Lo que tú digas, tía.

Dagmar levantó la nariz. Lucas vio cómo ella lo examinaba, y se dio cuenta de la felicidad que mostraban sus fríos ojos. Ella lo controlaba por poseer su custodia legal.

—Bien —dijo ella. Luego tomó su falda y se encaminó hacia la puerta.

Mientras levantaba el parasol se dio vuelta.

—Lucas, ya verás que tengo razón. Cumple mis reglas y algún día heredarás mi fortuna. Eso cambiará rotundamente la vida de un pobre huérfano como tú —se marchó bajo la lluvia, mezclándose con la oscuridad.

Lucas apretaba y aflojaba los puños mientras le ardía la mente.

—¡No quiero tu muy dichoso dinero! —murmuró enfadado—. Quédate con eso. Por lo que a mí concierne, llévatelo a la tumba.

Capítulo cinco

Tres días más tarde Abby estaba sentada a la mesa cuando se dio cuenta que, una vez más, soñaba despierta. Escenas de islas distantes y mares color turquesa revoloteaban en su mente. Trató de imaginarse aquellos árboles extraños como palos de escobas invertidos que su tío había descrito en una oportunidad. En su imaginación, vio estas palmeras moviéndose por el viento, sobre arenas blancas y cofres con tesoros. Durante un fugaz minuto se sintió contenta, pero luego… ¡como una traidora! *¿Cómo puedo estar contenta de irme, si Lucas no viene con nosotros?*

Cuando se abrió la puerta principal, Abby, que estaba poniendo la mesa, levantó la vista. Se le congeló la cara, apenas con una leve sonrisa de esperanza. Había entrado su Pa, pero no traía su habitual sonrisa.

—Abby, lo intenté todo con la tía de Lucas —suspiró suavemente y apartó la mirada.

El estómago de Abby se sacudió.

—¿Y que pasó, Pa?

Su mirada era compasiva.

—No pude persuadirla, princesa. Lo lamento.

El plato se le deslizó de la mano y golpeó contra la mesa de madera.

—¡No, Pa! ¡Lucas tiene que venir! Entiéndelo. Tal vez tengamos que pasar por encima de su tía. ¡No puedes hacer esto!

—Abby —se acercó a ella y la atrajo hacia su pecho, acariciándola en la cabeza.

Abby se relajó apoyada en él. Su camisa olía como pasas de uvas calientes. Ella confiaba en él, siempre que tenía algún problema Pa se esforzaba para ayudarla. Ahora encontraría la solución.

Él le retiró un rulo de la frente y tomó su cara entre las manos.

—Tenemos que hacer esto de una manera correcta. Ella tiene la custodia legal. Puede que no lo veamos como lo mejor, pero Dios lo permitió por alguna razón, princesa.

Abby se puso rígida y se echó para atrás.

—¡Quizás Dios no tenga nada que ver con esto! Quizás ella sea malvada y mandona, como dice Lucas. ¡No es justo!

—No, no parece justo. Quiero a ese niño como si fuese mío, pero Abby, creo con todo mi corazón que Dios lo quiere más.

Sacudió la cabeza en silencio y luego, en un gesto de rendición, sacó un sobre del bolsillo de su camisa. Cuando lo apoyó en la mesa, Abby vio cuatro pasajes que sobresalían de la parte abierta de atrás; cuatro pasajes a tierras lejanas. Lucas se quedaría. Abby comenzó a llorar. Su papá la abrazó en silencio y dejó que llorara.

Dos días más tarde, Abby, fatigosamente, envolvió una taza de té en un viejo paño para secar platos. La vida de su familia en California se redujo a tres grandes baúles, que era lo que les permitían para embarcar. Echó un vistazo al que estaba abierto delante de ella: había un utensilio de alambre para hacer rosetas de maíz que en el invierno usaban con la chimenea y en el verano lo usaban en los campamentos; toallas viejas; la cafetera que hervía cada mañana; los guantes de cuero de Pa y herramientas engrasadas antes de envolverlas.

La ropa cabía en un solo baúl, ya que ella y Sara tan solo tenían tres atuendos cada una, más dos camisas de noche y la ropa interior. Ambas usarían sus vestidos más abrigados y las capas y, además, cada una llevaría en un bolso un vestido para usar luego en el barco. Sobre la escasa pila de ropa estaban las sábanas y las dos mantas que habían tejido Abby y su mamá. La muñeca de trapo de Sara la llevarían en brazos. El cuaderno de bosquejos de Abby y la Biblia de Ma las colocarían cuidadosamente en la maleta con los cepillos de pelo, los cepillos de dientes y una lata de galletitas caseras de harina de avena y melaza. Pa había dicho que la comida del barco no siempre era fresca. Abby terminó de envolver la última taza y suspiró. No podía borrar de su mente la cara obsesionada de Lucas.

La noche anterior había venido a una última cena de despedida. Su cumpleaños sería en diez días, pero no estarían aquí para entonces, por lo que sus padres le sugirieron que le diera un cuchillo de bolsillo como regalo de despedida. Lucas sonrió y se colgó el cuchillo de la cadena, en el lazo del cinturón, y luego se lo guardó en el bolsillo.

Pero cuando llegó el momento de despedirse, Lucas miró a Abby de manera extraña; sus cejas formaron una línea sobre sus ojos. Abby recordó las venas en su cuello. Luego, simplemente, salió como una flecha.

—Ma, este es el último plato —dijo Abby mientras su mamá la miraba preocupada.

—Gracias, cariño —Ma se recogió un mechón de pelo en el rodete y miró a su alrededor—. Supongo que estamos listos para partir mañana por la mañana.

Abby miró el baúl que estaba al lado de la puerta y sintió que le comenzaron a sudar las manos. *¿Cómo es posible que esto esté sucediendo?*, se preguntó por centésima vez en el día. La realidad de la partida había desplazado sus sueños de aventura. *¡Está mal dejar a Lucas!*

Más temprano, ese mismo día, escribió un poema en el cuaderno sobre sus sentimientos encontrados. Quería enseñárselos a Lucas.

—¿Puedo ir ahora hasta la casa de Lucas… para despedirme? —preguntó Abby.

Su mamá la miró con ojos comprensivos, llenos de amor.

—Sí. Por favor, dale mi cariño. Ya nos despedimos en la cena, pero debes ir a visitarlo por última vez.

Esas palabras permanecieron en el aire como un enjambre de abejas mortíferas. Abby tenía que salir de su casa.

—Regresa antes del anochecer —le dijo Ma mientras Abby se colocaba el chal de lana sobre los hombros y se dirigía a la puerta. Sus pensamientos regresaron a la letra del poema que le escribió a Lucas:

Si el día llegara a ser noche y la noche día,
Menos confusa en irme estaría.
Si la radiante luna a medio día asomara,
y las estrellas sobre los niños jugando brillaran.
Si las criaturas que vagan
  por el mundo nocturno,
el murciélago y la lechuza quedaran
  cegados por la luz.
Si los ojos escuchasen y las narices gustasen,
entonces, dejarte sería más fácil.

Lucas se sentó solo en su hilera preferida de alisos, cuyas raíces se extendían hasta el oscuro arroyo. Las aguas habían crecido desde la última lluvia. Cuando el clima era más cálido, esta hondonada era un buen sitio para la pesca. Pero en su mente no había lugar para la pesca ni el aroma de la fresca arboleda, la que generalmente le producía placer. Tenía la frente muy arrugada, las mejillas apretadas contra sus manos al inclinarse hacia adelante sobre la piedra de granito.

Su cuerpo se movía suavemente hacia adelante y hacia atrás. Chispa esperaba, echado a su lado, pero su amo nunca le habló. Cuando un gemido salió de la boca de Lucas, Chispa asomó la cabeza. Entonces el perro emitió un aullido y volvió a recostar la cabeza entre sus patas.

Presiones contradictorias oprimían a Lucas. Pensó que sería mucho más fácil salir de abajo de un atolladero de troncos arrastrados por la corriente. Por un lado, él amaba a su perro y no quería hacer nada que lo lastimase. Chispa había venido al oeste con él, y lo alentó cuando su corazón estaba tan dolido que no quería seguir viviendo. Abandonar a Chispa lo mataría.

Lucas lanzó una piedra a las turbias aguas. *¿Cómo puedo quedarme con esa desalmada mujer si Abby y su familia no están aquí? Son los únicos que me quieren*, pensó. De no haber sido por ellos se hubiera marchado en cuanto llegó. Solo pensar en no vivir con esas cuatro personas le causaba dolor en el pecho. Un agudo dolor físico le surgió desde las costillas y le dificultó la respiración al pensar en perderlos para siempre. Porque si ellos se mudaban tan lejos, era seguro que los perdería.

Tenía que hacer algo, y pronto. Tocó la suave cabeza del collie. Chispa comenzó a mover la cola como el metrónomo en el piano lustrado de su tía.

«Te quiero, muchacho» dijo Lucas. Se le hizo un nudo en la garganta. Se recostó sobre las piedras y Chispa se paró en sus patas traseras, luego apoyó su sedosa cabeza en el pecho de Lucas. El dolor en sus costillas pareció ceder, pero también cedió a un ataque de lágrimas.

El clamor de su alma hizo eco en la pequeña arboleda, ahogando, momentáneamente, el susurro de la corriente de agua.

Perturbado, un búho voló espantado, extendiendo sus alas marrones sobre Lucas. Este lo observó con ojos nublados. Sobre su cabeza, en la penumbra, asomó la primera estrella. Esa luz le recordó algo, alguien, y una época donde la vida era estable y placentera. Cuando creyó que su hogar sería así para siempre, junto a las adorables sonrisas de sus padres. Repentinamente pudo ver el delantal atado a la cintura de su mamá, harina en sus manos y mejillas y unos ojos verdes que lo miraban inundados de amor. Lucas recordó el aroma a pan fresco recién horneado, cálido como su cuello al inclinarse para darle el beso de buenas noches.

«Di tus oraciones, hijo», esa voz embargaba su mente y el corazón se le llenó de angustia.

Había pasado mucho tiempo desde que ella le recordó que tenía que orar. Mucho tiempo desde que la vio con vida. Y había pasado mucho más tiempo desde la última vez que oró.

La oscuridad cubrió los últimos rayos del sol poniente. Las estrellas llenaron el cielo como puntos blancos en una manta negra. Sin embargo, los puntos luminosos no eran suficientes para caminar. Se acercaba la noche, y eso lo aterrorizaba. ¿Qué camino debía seguir?

«Ma, necesito una luz» suplicó, tomando a Chispa por el cuello. «Necesito una luz que me guíe».

Cuando Pa llegó a cenar en esa última noche en Pueblo de San José, el resto de la familia ya estaba sentada a la mesa de madera. Luego de una oración, comieron emparedados ya que los platos estaban empaquetados.

—Dime, princesa, ¿has visto a Lucas hoy? —le preguntó Thomas a su silenciosa hija mayor.

Los ojos azules de Abby se veían más solemnes que lo habitual.

—No. Su tía dijo que había ido de cacería con Chispa. Tal vez venga a vernos mañana por la mañana antes de que nos vayamos.

—Posiblemente —dijo Pa—, aunque tendría que ser muy temprano. Tenemos que llegar al barco en Alviso a las cuatro de la mañana.

Abby sabía que tomarían la barcaza que iba por el río Guadalupe hasta Alviso y desde allí navegarían a la bahía de San Francisco y al Océano Pacífico. Les llevaría varias semanas cruzar el Pacífico y asentarse en nuevas tierras. Toda su vida había soñado con aventuras; ahora no quería ninguna.

Desde su habitación Abby vio cómo se ponía el sol detrás de las montañas del oeste. Sería la última puesta de sol que vería desde esta casa.

Siete horas más tarde las suaves caricias de su mamá despertaron a Abby y esta saltó de la cama.

—¿Vino Lucas? —preguntó mientras se quitaba la ropa de cama y se ponía la ropa interior y el vestido marrón de lana.

—Todavía no, querida.

Sara se quejó de que la despertaran y tuviera que levantarse.

—¡Hace demasiado frío, mamá! —dijo, golpeando el suelo con el pie. Pero cuando su mamá la ayudó a quitarse la ropa de cama, dejó de quejarse y se vistió deprisa.

—Empaqué el desayuno, podremos comerlo una vez que estemos en la barcaza —dijo Ma.

Jorge, uno de los empleados del señor Morgan, llegó con su remolque plano y en la oscuridad ayudó a Thomas a cargar los baúles. Abby se dio cuenta que en unos pocos minutos se irían de la casa. Se puso la capa de lana azul y salió a la helada y oscura mañana de octubre.

Sus ojos miraron el camino que llevaba al pueblo. Pero, la tranquilidad de la mañana no se vio interrumpida con el sonido de algún caballo que se estuviera acercando.

Cuando terminaron de subir la carga, Thomas le hizo una seña a Sara llamándola para cargarla y colocarla en el remolque, donde se sentó encima de un baúl.

—¿Lista para la aventura, pequeña?

—¡Sí, Pa!

En ese momento salió Ma con una lámpara en la mano.

—Bueno, ya lo revisé todo y no hemos olvidado nada —dijo, apagando la lámpara. Sonrió mientras su fornido marido la subía con facilidad al asiento delantero.

¡No olvidamos nada, excepto a Lucas!, pensó Abby afligida.

—Pa, necesito revisar algo —dijo Abby mientras entró agachada por la puerta principal y fue hasta la armadura de su cama. Espió por la ventana que apuntaba al oeste hacia el pueblo. Nadie se movía por el camino. Al fin y al cabo no vendría.

Al salir, se contuvo para no echarse a llorar. Pa la levantó y la sentó en la parte trasera del remolque y después él se sentó al frente.

«Vámonos, Jorge» dijo ansioso al igual que estaba Sara por emprender la aventura. Con un suave golpe de las riendas, los caballos y el carro comenzaron a moverse.

Ma se dio vuelta y tomó la mano de Abby, apretándola fuerte. «Creo que para Lucas era demasiado difícil despedirse una vez más», le dijo tiernamente.

Abby asintió en silencio. Se le hizo un nudo en la garganta mientras sus pestañas se llenaban de lágrimas. Se le había terminado la vida. Nada sería como antes. Dejaba a sus amigos, la escuela y la iglesia. Se mudaban a una horrible isla donde estaría aislada en el miserable rancho de su tío. ¡No era como ella y Lucas lo habían planeado! Veía su casita, y a Lucas en algún lugar a la distancia, desaparecer en la oscuridad.

Capítulo seis

Abby se mantuvo de pie, asida al palo mayor de la goleta de 36 metros, la *Intrépida*. El buque se aproximó a un frío viento proveniente del noroeste y cada vez que se zambullía en la oleada, las gotas de agua chorreaban sobre la cubierta, humedeciendo su rostro.

Sus mejillas tomaron un color rojizo debido a las ráfagas de viento, y su cabello se congeló en un estandarte castaño detrás de ella. Desde que se despertó ese día, descubrió que le fascinaba navegar. Enredó sus dedos en las jarcias, observando el interminable mar azul y el extenso cielo. La goleta bailaba en el viento como un pony salvaje.

—Eres marinera por naturaleza —le dijo el capitán MacDonald por detrás—. Es una lástima que el resto de tu familia no lo sea.

A Abby le encantaba su marcado acento escocés y la manera en que pronunciaba las erres. Deseaba que sus padres y Sara estuviesen con ella, pero estaban descansando en el camarote que compartían abajo. De hecho, de las dos familias que viajaban en el barco, Abby era la única que había subido a cubierta.

—¿Están un poco mal del estómago, eh? —preguntó el capitán.

Abby se dio vuelta para mirar al capitán de cabellos blancos y curtida piel.

—Sí, me temo que sí. Todos menos Pa… y está cuidando a Ma y a Sara.

—¿Por qué van a Hawai? —le preguntó el capitán MacDonald quitándose de la boca la amarilla pipa de espuma de mar.

—¿Hawai? —preguntó Abby—. ¿Pensé que se llamaban las islas Sandwich? Lucas siempre me decía que las islas son famosas por sus emparedados de jamón.

El capitán se rió mientras vaciaba la pipa por un costado del barco.

—¿Y quién es ese Lucas? —preguntó mientras se rascaba la barba plateada que crecía a los lados de su cara como gruesas chuletas de cerdo.

—Mi mejor amigo… en Pueblo de San José —reprimió sus sentimientos y miró hacia el mar—. Mi tío está enfermo y necesita nuestra ayuda. Pa piensa comprar el rancho una vez que lleguemos.

El capitán la miró comprensivo.

—¿Es difícil dejar el hogar, verdad jovencita? —siguió hablando sin esperar respuesta—. Pero tus padres están haciendo lo correcto; es un esfuerzo para mejorar su futuro. ¡Ah!, navegas hacia una gran tierra.

Abby sonrió a sus palabras de esperanza.

—Vamos, muchacha, te enseñaré a timonear mi dama *Intrépida*.

Y al decir eso, ambos se dirigieron desde la proa del barco hacia la popa donde estaba el enorme timón con lustrosos rayos de madera.

«Jovencita, tómala así y mantenla firme», le dijo el capitán al relevar del mando al marinero hawaiano de turno. Le colocó las manos sobre el timón. Este tiraba con fuerza, como si tuviese vida propia, pero Abby lo sostenía firmemente. Se maravilló al darse cuenta que controlaba la gran embarcación. Sentía la fuerza del viento contra las velas y el océano contra el timón debajo del barco. Le dio una mirada al capitán y sonrió. Comprensivo, él le sonrió. La navegación le levantaba el ánimo a cualquiera.

De momento el viento arreció. Abby lo oía soplar en cubierta. El timón se resistía un poco más, pero mantuvo el barco firme. El capitán asintió con la cabeza en señal de aprobación. «Jovencita, iré a ver la tripulación y dejaré al señor Lancaster encargado de cubierta. Mantenla firme por unos minutos y entonces Kimo se hará cargo», dijo refiriéndose al timonel anterior, un hombre grandote, de piel oscura, vestido de pantalón de dril azul y camisa de algodón blanca. Un pañuelo rojo atado al cuello le servía como una especie de uniforme. Kimo levantó la mirada desde donde entrelazaba algunas cuerdas y le sonrió a Abby, mostrando sus dientes brillantes.

Abby observó al capitán dirigirse hacia la proa. Su compuesta figura en traje de marina con brillantes botones de bronce reflejaba la manera en que

conducía el barco: Con disciplina. Cuando aborda-
ron, el capitán le dijo que era severo y que no tolera-
ba payasadas.

A medida que Abby lo observaba pasar por el primer mástil, un inesperado movimiento a la derecha
captó su atención. El bote auxiliar, que se utilizaba
para remar hasta la costa, permanecía en cubierta
asegurado al tabique de estribor. Abby mantuvo las
manos firmes en el timón y de nuevo miró el bote
auxiliar. Estaba cubierto de una lona gris ajustada
perfectamente. No sabía qué movimiento fue el
que le había llamado la atención.

Entonces volvió a verlo. Una punta de la lona en
la parte de atrás del barco no estaba amarrada. La
brisa lo había levantado. *Otra vez,* pensó Abby,
mientras se levantaba la lona. Pero esta vez dejó ver
una cabellera descolorida por el sol y luego sus cejas
oscuras y una sonrisa familiar. Sorprendida, abrió
los ojos desmesuradamente.

¡Lucas!

Al verlo pestañear, Abby quedó boquiabierta e
instintivamente soltó el timón. El barco se inclinó a
babor. Kimo corrió hacia ella para tomar el timón,
pero enseguida Abby lo volvió a controlar.

Cuando el fuerte brazo de Kimo apareció detrás
de ella para controlar el timón, Abby giró su cabeza
y le echó una mirada. Su brazo bronceado parecía
un tronco grueso de madera.

—¡Pequeña señorita que hace gran lío! —dijo él
bromeando, y luego se echó a reír.

—Parece que sí.

De nuevo Abby echó una mirada al bote salvavidas. ¡Lucas no estaba allí! ¿Lo habría imaginado? ¿Tenía tantas ganas de verlo que imaginó verlo?

—Ahora yo tomo timón, pequeña *wahine*—dijo Kimo.

Abby se alegró de entregarle el mando. Tenía que irse a pensar. ¿Estaba Lucas allí? Volvió a mirar el bote salvavidas. Ahora la lona ni siquiera se movía.

Abby se marchó hacia la compuerta para tener unos momentos a solas. Al acercarse al bote auxiliar, su corazón le golpeó en el pecho. Sentía la sangre correr por los oídos. *¡Lucas!* quería gritar, *¿Estás aquí?* Pero si estaba, no podía delatarlo. Si no había sido su imaginación, era obvio que él estaba de polizón. Era un delito grave, especialmente en un buque capitaneado por el estricto MacDonald.

Abby estaba segura de que si descubrían a Lucas antes de alejarse de California, el capitán MacDonald regresaría para devolverlo a su casa. *¡Debe mantenerse oculto! Tengo que hacer todo lo posible por ayudarlo.* Se mordió el labio inferior. *Ay, Lucas, ¿realmente estás ahí?*

Una vez que sus padres lo descubrieran se preocuparían por la tía de Lucas. Por otra parte, también se alegrarían de verlo. Ella sabía que sus padres lo querían. ¡Cuando llegaran a las islas sería demasiado tarde y demasiado costoso enviarlo de regreso!

De camino a la escotilla Abby se encaminó rápidamente hacia la cubierta, segura de que su plan funcionaría. Al acercarse al bote disminuyó el paso, y su mano acarició la lona de manera instintiva. Era todo lo que podía hacer para no delatarlo en medio de su alegría. *¡Ay, Lucas!*, gritó en su mente. *¡Encontraste un camino!* Subió a través de la escotilla, ansiosa por conseguir su cuaderno de bosquejos. Quería dibujar la cara de Lucas en ese momento, y sabía exactamente qué leyenda escribiría debajo: *Cuando una puerta se cierra, otra se abre.*

Abby se recogió la falda para subir en puntillas por la escalera de la escotilla. Asomó la cabeza y se detuvo un minuto para orientarse en la oscuridad. Habían pasado horas antes de que sus padres se quedaran dormidos y ella tuvo que esperar despierta todo ese tiempo. Una vez que escuchó los ronquidos de su papá, se vistió deprisa y se marchó. ¡*Tenía* que saber si Lucas se encontraba allí!

Supuso que unos pocos marineros estarían en cubierta durante la noche. Se inclinó para salir a la cubierta y se dirigió en plantillas de medias hacia el bote salvavidas. En ambos extremos de la embarcación vio dos faroles colgados de unas sogas, hacia adelante y hacia atrás. Había un marinero sentado al lado de cada uno. El que estaba en popa hablaba en voz baja con el timonel. Abby se agachó y avanzó. Al llegar a la mampara donde estaba atado el bote, se puso de pie y levantó la punta de la lona.

—Lucas —susurró.

Su voz pareció desaparecer en la brisa nocturna y en el golpe del agua en el casco del barco.

De repente, una mano áspera cubrió la boca de Abby, y un brazo fuerte la tomó por la cintura. Instintivamente Abby lanzó una patada hacia atrás y su talón chocó contra la tibia de un ser humano. Alguien le sacó la mano de la boca.

—¡Oh! —gruñó Lucas.

Abby se dio vuelta hacia él. Primero mostró una sonrisa, luego un gesto de alarma.

—¿Qué haces aquí? —le exigió.

Lucas la tomó del brazo y se agachó junto a la mampara, haciendo que Abby se agachara junto a él.

—No podía soportar más que me mantuvieran enjaulado. Necesitaba estirar las piernas, pero debemos ocultarnos para hablar —levantó los bordes de la lona. Entra.

Abby le dio un abrazo y luego miró hacia adelante y hacia atrás. El marinero en la proa miraba hacia el mar. Los otros dos estaban absortos en su conversación. Se secó el sudor de las manos, se agarró de la mampara, levantó una pierna, luego la otra, y entró al bote auxiliar. Al agacharse metió la cabeza debajo de la lona y se hizo a un lado para darle lugar a Lucas.

Si el capitán MacDonald nos descubre, seguro que dirá que esto es un disparate.

Lucas se escabulló a su lado y suspiró aliviado. Luego de colocar nuevamente la lona miró a Abby. Al principio Abby no pudo ver nada, pero poco a

poco sus ojos se adaptaron a la tenue luz. No podía
evitar sonreírle a Lucas. Él también le sonrió.

—No necesitaremos una linterna… tu sonrisa
está iluminando la noche.

Ella sonrió suavemente.

—¿Cómo te metiste a bordo? —le preguntó
Abby.

Hacía horas que estaba tratando de imaginarse
cómo lo habría hecho.

—Jacobo y yo fuimos en Relámpago hasta Alviso. Le hice prometer a Jacobo que no se lo diría a nadie. Luego él llevó el caballo de regreso al establo de
mi tía y yo esperé la oportunidad para subir abordo
cuando nadie me viera —hizo una pausa—. Me
tomó un rato.

Lo hace parecer tan fácil, pensó Abby.

Lucas suspiró.

—Lo más difícil fue dejar a Chispa. Se la dejé a
Jacobo hasta mi regreso —se le quebró la voz, como
si no pudiera respirar— me prometió que la trataría
bien.

Abby tomó la mano de Lucas.

—Lo hará —luego continuó con voz apacible—. Me alegro de que estés aquí. Eres parte de la
familia. Ma y Pa se alegrarán de tenerte con nosotros —le dio un apretón de manos.

—No lo sé, Abby. He estado acostado aquí, pensando en eso. Quizás crean que lo correcto es enviar-
me de regreso… o quizás escribirle a mi tía —se
mantuvo en silencio por un minuto—. ¡No voy a regresar! Prefiero convertirme en marinero que pasar
mi vida en casa de mi tía.

Abby se mordió el labio. Elegir una vida de marinero con tal de no vivir en casa de su adinerada tía mostraba lo mal que estaban las cosas. Todos sabían que los marineros trabajaban largas horas por poca paga y que durante años no veían a sus familias.

¿Por qué la vida es tan injusta?, se preguntaba Abby. Lucas había perdido a su familia y si las cosas no funcionaban bien con la familia de Abby, se vería obligado a vivir una vida solitaria en alta mar. *Tenían* que aceptarlo una vez que llegaran a las islas; no había otra alternativa. ¿Lo aceptarían?

—¿Trajiste comida? —le preguntó Abby.

—Sí. Una bolsa de manzanas, zanahorias, algo de carne y traje dos panes horneados por María. También traje pasas de uvas —hizo una pausa—. ¡Ya extraño su pollo y sus panecillos! —sus blancos dientes brillaron al sonreír.

Abby metió la mano en el bolsillo de la falda.

—Aquí tienes. Te guardé algunas galletas marineras de la cena. No son ricas, pero te llenan el estómago.

Lucas mordió una.

—Saben a corteza de árbol, pero más dura —dijo luego de masticar un poco.

Abby rió.

—Mejor regreso a mi litera antes que salgan a buscarme —susurró—. Todas las noches trataré de traerte algo de nuestra cena, ¿está bien?

Lucas asintió con la cabeza.

—En especial necesito una jarra de agua.

—Por supuesto. ¡Qué tonta fui en no haberla traído! ¿Algo más?

—No, solo… gracias por venir, Abby.

La soledad en él pareció acaparar todo el lugar. A Abby se le llenaron los ojos de lágrimas pero sabía que Lucas no las podía ver en la oscuridad.

— Así no es como habíamos imaginado nuestra aventura, ¿Verdad?

En la quietud, ella podía escucharlo respirar.

—No —respondió finalmente—, pero estimo que debemos sentirnos agradecidos por todo lo que tenemos. No es lo peor que la vida te puede dar.

Ella tragó saliva, escuchando las olas golpear el casco y los ruidos del mástil con cada cabeceo y balanceo del barco. Se sentían cómodos en silencio, solo como los buenos amigos pueden estarlo.

Por fin ella corrió la lona.

—Aquí voy.

Trepó torpemente fuera del bote y se agachó junto a la mampara. Luego, con cautela, regresó a su camarote.

Capítulo siete

A pesar de hacer ocho días que estaban en alta mar, Abby estaba preocupada. ¿Era suficiente tiempo como para que Lucas estuviera a salvo de que lo enviaran de regreso a la casa de su tía?

Desde que lo descubrió había pasado el mayor tiempo posible en cubierta, vigilando el bote auxiliar. Afortunadamente, a nadie le interesaba.

Lucas permanecía todo el tiempo en su mente. En cada cena guardaba secretamente en su bolsillo parte de la comida. Luego, cuando solamente dos marineros quedaban velando a medianoche —entre las 12 de la noche y las cuatro de la mañana— ella le llevaba la comida a Lucas. Aunque siempre sus padres ya estaban dormidos, era riesgoso salir a hurtadillas del camarote y llevar una jarra de agua y comida a cubierta.

Esta noche no le había podido guardar nada de comida. El cocinero no preparó ninguna galleta marinera, las que usualmente sirven con las comidas. ¡Peor aún, la cena resultó ser una sopa! Por lo tanto, no pudo compartir nada con Lucas.

Señor, oró Abby sentada en la litera de su camarote, *ayúdame a pensar en algo para él. Sé que tiene hambre.*

Por lo menos Lucas había llevado algo de comida, incluyendo una bolsa de manzanas de la huerta de su tía. Sin embargo, no se comparaba con la cantidad de comida que ella lo había visto comer luego de haber trabajado junto a Pa. Abby pensó en los abundantes platos de papas fritas, maíz, habichuelas verdes en grasa de tocino, jamón, y en los dos pedazos de pastel de manzana que él generalmente comía en su casa. Pa siempre se reía y decía que era el niño «que más crecía» de todos los que había visto. A veces, Lucas también se comía seis galletitas y se tomaba un vaso de leche después de toda esa comida.

De repente, Abby se sentó en la cama. Sara se dio vuelta en la oscuridad y Abby aguantó la respiración con la esperanza de que su hermana no hubiera despertado a sus padres. *¡Galletitas! Tenemos una lata entera de galletitas de melaza, las favoritas de Lucas. Están aquí mismo, a los pies de mamá, en su maleta.*

Detestaba tener que tomarlas sin permiso, pero Lucas se encontraba en una situación desesperante. Si su mamá lo supiera, las compartiría con gusto.

Abby se levantó y se vistió apresuradamente. Luego buscó en la maleta de su mamá hasta encontrar la lata. Con cuidado abrió la puerta del camarote y salió, contenta de estar cerca de la escotilla. Trepó por la escotilla y miró alrededor cual perro de pradera, espiando desde su agujero en la tierra. En ambos lados de la *Intrépida* había un farol colgado, que daba una luz tenue hacia adelante y hacia atrás; pero la parte media de la embarcación se hallaba completamente a oscuras.

Una vez en cubierta se agachó. Para entonces ya Abby tenía «piernas de mar», por lo que su cuerpo instintivamente se adaptaba a la inclinación de cubierta mientras caminaba hacia el bote auxiliar. Desató la lona en la parte de atrás y le dio a Lucas la lata y la jarra de agua. Luego entró, acomodó sus piernas bajo el asiento de madera y colocó nuevamente la lona.

Acomodó las piernas en el duro fondo del bote y esperó a que sus ojos se adaptaran a la oscuridad.

—Aquí tienes. Son tus galletitas preferidas de melaza.

—Recordaste mi cumpleaños —le dijo Lucas.

Abby se sorprendió. Con la emoción que le producía su condición de polizón, se había olvidado por completo de su cumpleaños.

—Feliz cumpleaños —dijo tiernamente, agradecida de que Dios le contestara su oración al darle la idea de llevarle las galletitas *esta* noche.

—Gracias —dijo Lucas con una sonrisa.

—¿Qué has estado haciendo? —le preguntó ella en broma, sabiendo que él solo podía hacer una cosa: quedarse quieto en ese restringido espacio.

Lucas se dio vuelta de costado y la acarició en la nariz. Ella frunció la nariz y le sacó la lengua.

—Por si quieres saber, he estado usando el otro regalo de cumpleaños que me diste antes de irnos de California.

—¿El cuchillo?

—Sí. Traje algo de pino; me he pasado la mayor parte del día tallando.

—¡Déjame ver!

Lucas se corrió hacia la proa del bote y metió la mano en una bolsa de arpillera. Giró hacia Abby y le entregó una pieza de madera de treinta centímetros de largo. Abby deslizó la mano por la áspera superficie de madera. Comenzaba a tomar forma.

—Parece una especie de criatura de cuatro patas —dijo Abby.

—Ya verás. Me parece que lo mantendré en secreto para ver cuánto tiempo te lleva darte cuenta qué es.

Lucas abrió la lata de galletitas y comió una blanda galletita de melaza. El olor a azúcar negra cubrió el espacio encerrado e hizo que a Abby se le hiciera agua la boca.

—¿Quieres una? —peguntó Lucas.

—No.

Es mejor dejárselas a él para las próximas semanas, pensó.

—Creo que será mejor que me marche —dijo Abby, levantando la mano para retirar la lona.

Lucas levantó la mano para detener a Abby.

—Es mi cumpleaños. ¿No puedes quedarte más tiempo?

Ella pensó en lo solitario e incómodo que sería para un niño activo de catorce años de edad permanecer en el bote salvavidas tantos días. Justo cuando estaba por acceder a su petición, un fuerte olor invadió su nariz. *¡Tabaco de pipa!*

Abby puso un dedo sobre sus labios y otro en los labios de Lucas. Movió la cabeza en señal de negación. El olor se tornó más fuerte y Abby miró si la lona estaba colocada en su lugar. ¡Una punta estaba suelta! *¡El capitán MacDonald debe estar cerca!* Se quedó helada; todos sus músculos estaban tiesos y tensos.

También Lucas se quedó helado, en su cara se reflejaba la gravedad de la situación. ¿Qué pasaría si los encontraran? ¿Existía alguna ley contra polizones? ¿Podría ir a prisión? ¿Lo pasarían por debajo de la quilla? Todos sabían que en un barco la ley era la palabra y el capricho del capitán. A menudo castigaban con un látigo a los que desobedecían. Todos sus pensamientos quedaron interrumpidos cuando Abby oyó pasos cerca, prácticamente donde ellos estaban. Ninguno se atrevió a respirar. Luego hubo un sonido y unas manos tomaron la punta de la lona. Abby abrió los ojos de par en par al escuchar el broche contra la traba de metal.

Después, oyó un golpeteo de madera y se acordó que el capitán vaciaba su pipa golpeándola contra la parte externa del casco del barco. *Debe haber terminado su pipa,* pensó, *y se irá a su camarote.* Durante un rato se mantuvo quieta para estar segura, pero el fondo del bote ya se había tornado incómodo. ¡Debía ser terrible para Lucas!

Los movimientos del barco eran difíciles de resistir. Abby y Lucas escuchaban el sonido de las olas golpeando contra el barco y el ruido de la polea encima de ellos. Se relajaron en el silencio que ellos mismos se habían impuesto.

El peligro había pasado y solo debían aguardar un rato. Abby no se dio cuenta que había cerrado los ojos hasta que Lucas la tocó ligeramente con el codo.

—No te duermas —susurró Lucas.

—No estaba dormida.

—Te dormiste un ratito. Te oí roncar.

—¡Entonces debo irme! ¿Qué sucedería si los dos nos dormimos y amanece?

Lucas respiró profundo.

—Gracias por la fiesta de cumpleaños, Abby.

Ella sonrió y levantó la lona.

Deslizándose en la oscuridad, Abby llegó hasta la escotilla. Mientras subía a su litera recordó la promesa que Dios le había dado a su Ma en el Antiguo Testamento, antes de partir. «Yo estoy contigo. Te protegeré por dondequiera que vayas». En el seno de su familia dormida, teniendo a Lucas también en el buque, esa promesa era más fácil de creer.

Mientras estuvieron más cerca de California que de Hawai, el clima permanecía fresco. Sin embargo, luego de dos semanas de vientos constantes, llegaron al calor del Océano Pacífico. Los días eran más cálidos; hasta Ma y Pa salieron del sofocante camarote para sentarse debajo del toldo que el capitán MacDonald colocó para ellos. Ma llamaba a Sara constantemente por miedo a que se cayera al agua. *¡Pobre Lucas, está sentado asándose bajo la lona!,*

pensó Abby. Debido al calor que hacía, Lucas le pidió a Abby que le llevase dos jarras de agua cada noche.

Desde que casi se queda dormida en el bote salvavidas, Abby no había vuelto a subir para hablar con Lucas. Sabía que Lucas la extrañaba, pero era más importante llegar a Hawai sin ser detectado. Dos noches antes, Lucas le dijo que se le estaban acalambrando las piernas por no usarlas. «Estoy decidido a persistir» dijo él. Pero a la noche siguiente Abby lo vio caminando por la cubierta, estirando las piernas entumecidas.

—¡Lucas! —murmuró aterrada—. ¡No puedes hacer esto! ¿Qué pasará si alguien te ve?

—Abby, tengo que hacerlo, de lo contrario no podré salir del barco —le respondió él.

Abby reconoció que él tenía razón, tenía que mantener las piernas elásticas. Llegarían pronto, lo cual hacía feliz a Abby ya que Lucas no tenía más manzanas ni galletitas. Ella comenzó a guardar más comida de su plato y con frecuencia se iba a dormir con hambre. Era más fácil mantenerse despierta con un estómago vacío que la incomodaba. Hace poco Ma dijo que ahora el vestido le quedaba más suelto a Abby. Ella notó que durante la cena Ma la miraba con detenimiento, lo cual hacía más difícil guardarse la comida en el bolsillo.

¡Ay, ojalá que este viaje se termine pronto!

Capítulo ocho

Y*a sólo faltan dos días*, pensó Abby una tarde mientras aprendía de Kimo, el hawaiano grandote, cómo hacer nudos marineros. Ya había aprendido a hacer el nudo de boleadora y el nudo de vuelta mordida, pero Kimo parecía decidido a enseñarle a hacer una pulsera de soga, igual a la que él usaba.

—Cuando lleguemos a Oahu te enseñaré a hacer brazaletes con valvas marinas auténticas —dijo, guiñando un ojo—. Entonces te verás hermosa, *wahine*. Mi mamá, Olani, te enseñará a hacer guirnaldas hawaianas.

Abby sonrió ante la propuesta.

—Estoy deseosa de conocerla, Kimo. ¿Es tan amable como tú?

El hombre sonrió orgulloso.

—Olani es como la diosa Peli, que escupe fuego de la montaña. Mi mamá es *ali´i*, de familia real. Ella, grande y hermosa, alta como yo. Pero Olani ancha —abrió sus brazos— como deben ser las jefas reales. Su cabello como bruma de montaña, y también como el fuego que la montaña escupe —se rió de su propia broma—. La conocerás. Vivir en

Kailua, donde vivir tu tío. Ahí todos conocer Olani.

—Será un verdadero placer conocer a alguien de la familia real —dijo Abby con ojos brillantes. Desde que se sentaron en la mampara, al lado del bote, deseaba que Lucas pudiese oír la conversación.

Kimo miró hacia el este.

—Creo llegaremos pronto. Presiento tormenta. Llegaremos con tormenta.

Abby miró hacia el mismo lugar, pero no vio ninguna tormenta que se aproximara.

—Quizás —dijo dudando.

Kimo sonrió.

—Quizás no. Es seguro —auguró él.

Abby dobló la cuerda y aflojó el nudo que había hecho. No pudo dejar de pensar: *¿Estará bien Lucas si llega una fuerte tormenta?*

El cielo oscureció temprano. A las seis, el suave viento habitual se tornó frío y el cielo se llenó de amenazadoras nubes negras. El capitán MacDonald ordenó a la tripulación arriar las velas.

Cuando comenzó a llover, las gotas no caían en forma pareja. Parecía que se había abierto la compuerta del cielo y el agua caía como una muralla líquida. Mientras los marineros se apresuraban a buscar sus trajes impermeables, el capitán

MacDonald le ordenó a los pasajeros que durante la tormenta se mantuviesen bajo cubierta.

Lo bueno de estar encerrados en el pequeño camarote era poder comer allí. Pa había ido a buscar la sencilla cena que consistía en galletas marineras y queso y la distribuyó entre la familia. Abby guardó para Lucas dos galletas y un pedazo de queso en su pañuelo, debajo de la almohada. Aquella noche, ella y Sara subieron a las literas para tratar de dormirse. Abby esperaba que la tormenta pasara antes de que ella tuviera que salir a la cubierta.

Durante tres horas *Intrépida* subió y bajó la proa, como macho cabrío. Abby se quedó recostada en la cama preocupada por Lucas. Al menos ella tenía una cama caliente donde moverse. ¡Pero Lucas estaría meciéndose sobre las duras maderas del bote!

Por fin, cuando la tormenta se apaciguó momentáneamente, todos se durmieron. Entonces, con cuidado, Abby salió de la cama y se puso su vestido azul de cambray. Con tantas sacudidas le tomó un minuto encontrar los zapatos que se habían desparramado por el pequeño camarote. Por lo general iba descalza, pero decidió usar botas porque la cubierta estaba mojada. Con los bolsillos llenos de galletas y queso, Abby dejó el camarote y se dirigió a la escotilla. Podía escuchar la lluvia golpeando en cubierta y supo que sería inevitable llegar empapada al escondite de Lucas.

Al abrir la escotilla, el frío viento hizo que el pelo se le fuese a la cara. La lluvia le golpeó en la cabeza y se deslizó por su cuello. Se quejó e hizo una mueca mientras se movía apresurada por la cubierta inclinada. El barco se volteó hacia estribor, y Abby se deslizó por el suelo mojado hacia la baranda. Tomó una soga y se sostuvo fuerte, mirando cómo los faroles se sacudían en la tormenta a ambos lados del barco. Se escucharon truenos y, de repente, los relámpagos partieron el cielo como un refulgente sablazo blanco. Enseguida Abby se agachó para que no la vieran. Poco a poco se movió por la parte media de cubierta, en dirección al bote. La lluvia le golpeó la cara y le empapó el vestido. Justo cuando se acercaba al botecillo, otro relámpago iluminó el cielo a varios metros de distancia. En ese mismo momento se escuchó un trueno ensordecedor. Abby gritó, pero su grito se ahogó por el aullido atronador del viento y de los truenos.

Cuando llegó al bote, levantó la punta de la lona y luego dejó caer la jarra de agua y la siguió lanzándose ella también adentro. Cayó encima de Lucas quien gritó:

—Ayy.

—¡Está terrible ahí afuera!

Empapada y temblorosa, se abrazó a él.

—Abby, no debiste haber venido —y con delicadeza le colocó los brazos sobre los hombros mojados—. Ahora no intentes volver a la tormenta. Es demasiado peligroso. ¡Te puede arrastrar al mar!

—No te preocupes. No iré a ningún lado. Pero ya tú tienes algo que comer.

Los truenos rugían en el cielo. Cuando refulgió un relámpago, la luz penetró la gruesa lona, y Abby vio la cara pálida de Lucas a causa del miedo que tenía. Las olas crecieron y golpearon al *Intrépida,* echándola de un lado al otro como un puma a un ratón. Bajo la lona, Abby y Lucas se abrazaron y se asieron también de los costados del bote, pero recibieron una golpiza al ser sacudidos de un lado al otro.

La tormenta aumentó su furor, a pesar de que durante horas había lanzado su furia. Enormes olas golpearon la cubierta que, peligrosamente, inclinaban el barco. Abby chocó con violencia contra Lucas cuando la proa de *Intrépida* desapareció bajo una pared de agua y la embarcación se inclinó demasiado. El costado del buque, donde estaba amarrado el bote salvavidas, quedó sumergido bajo el agua.

Abby se aferró firmemente de la camiseta de Lucas mientras el bote se levantaba levemente y luego era arrastrado a las turbulentas aguas.

—¡Sujétate, Abby! —gritó Lucas—. ¡Si se rompe la lona, nos podemos caer al agua!

Luego escucharon que uno de los ganchos oxidados que sostenían el bote se soltó. El botecito se balanceó hacia la proa en ese fuerte oleaje. Abby quedó sin aliento al escuchar que también se zafó el broche de popa. ¡El bote salvavidas, ahora suelto, se cayó al mar tormentoso!

Mientras el pequeño bote caía sobre las olas, la lona, momentáneamente, previno que se inundara y se hundiera. Cuando el botecito salió a la superficie, la parte que cubría a Lucas estaba rota, y él salió expulsado cuando el botecito se viró en el fuerte oleaje.

Las manos de Abby, que se habían aferrado fuertemente a la camiseta de Lucas, rehusaban soltarlo. Se lanzó a la punta del botecito y su brazo fue tironeado hacia abajo por el peso de Lucas.

—¡Lucas! —gritó, pero el viento se llevó sus palabras.

La cabeza de Lucas desapareció bajo el agua y a Abby se le llenó la boca de agua cuando el bote cayó sobre un lado.

¡Se hunde!, pensó aterrorizada.

Sin embargo, no soltó la camiseta de Lucas.

En un instante Lucas volvió a la superficie. Se agarró del costado del bote y trepó nuevamente para entrar. Ambos estaban en el piso del bote, sin aliento y empapados por el agua que caía.

—Debemos comenzar a sacar el agua —dijo Lucas atragantándose mientras tomaba el balde atado en popa.

En medio de la negra tormenta, el bote flotaba en las olas como un corcho en el río. Abby se sentó junto a Lucas, aunque no lo veía en la oscuridad. Simplemente no podía ver sus brazos que se movían con rapidez para sacar el agua del botecito. Otra ola golpeó el bote y bofeteó a Abby en la cara. Su cabello largo goteaba como ropa mojada colgada de la soga y le castañeteaban los dientes de frío.

—Abby, aquí tienes —dijo Lucas mientras le daba el balde—. Muévete, así entraras en calor.

Abby tomó el balde de madera y comenzó a sacar agua, sumergiendo el balde en el agua una y otra vez y vaciándolo por el costado. Así lo hizo furiosamente durante varios minutos; pero eso no ayudó. Temblaba igual de fuerte ya que no era solo el frío lo que la hacía sacudirse de esa manera.

El temor se apoderó de su corazón mientras buscaba en medio de la lluvia los faros de la *Intrépida* . ¡No se veían por ningún lado!

—¡Lucas! —exclamó al tiempo que soltaba el balde, embargada por el pánico—. ¡Estamos solos!

¡Solos y a la deriva en el gran Océano Pacífico! La inundó el terror. Se apoyó en Lucas para consolarse, pero cuando sintió que él temblaba, se echó a llorar.

Señor, ¿podremos sobrevivir?

Capítulo nueve

A Abby le temblaba el brazo al darle a Lucas el balde vacío. En los últimos minutos se había tornado muy pesado. No pudo levantarlo una vez más.

—Terminaré yo —dijo él—. No falta mucho.

El movimiento del bote disminuyó después que pasó la tormenta. Abby podía ver el contorno de Lucas contra el oscuro cielo gris. Las nubes se estaban despejando. Podía ver algunas estrellas y un tenue resplandor proveniente del este.

Lucas vació la última mitad del balde y lo colocó de nuevo en la popa.

—Casi me olvido. Hay un mástil y una vela guardado bajo los asientos —dijo él—. Cuando se haga de día veré si puedo izarlas. Quizás el viento nos lleve hasta la costa.

Abby notó el tono de esperanza en su voz. A Lucas siempre le gustó el desafío. Tenía la confianza suprema que podía salir de cualquier situación.

Supongo que es porque es fuerte. Su físico nunca lo abandonó. Sin embargo, nuestro destino depende del viento adecuado, del soplo de Dios, pensó Abby.

Entonces se dio cuenta que hasta ese momento no había orado. Estaba demasiado ocupada, tratando de sobrevivir. Temblaba con la brisa previa al amanecer y se envolvió en sus propios brazos en un intento por entrar en calor. Su vestido de cambray todavía estaba mojado, aunque ahora la brisa soplaba un aire tropical, cálido.

Lucas miró desde su asiento en la popa y luego se sentó junto a ella.

—¿Todavía tienes frío? —le preguntó.

Ella asintió con la cabeza.

—Yo también —dijo él, mientras abrazaba a Abby.

Abby miró sus ojos verdes y dorados.

—Supongo que si tenía que perderme en el mar no pude haber elegido un mejor amigo.

Lucas le sonrió.

—Estamos en problemas, pero por lo menos no estoy con mi tía Dagmar.

Por primera vez, en horas, Abby le devolvió la sonrisa.

—Al menos estamos vivos.

Lucas asintió.

—¿Orarías… orarías conmigo? —preguntó Abby.

Él bajó la mirada. —Ora tú por los dos, ¿de acuerdo?

Abby suspiró y cerró los ojos. Dios los había ayudado a permanecer en el botecito, pero ¿los traería de regreso a tierra firme? El océano se veía tan grande y la situación en que estaban era tan abrumadora. Era la primera vez en la vida que Abby se separaba de su Ma y de su Pa. Tal vez no volvería a ver a su familia. Las emociones le ahogaron la garganta.

El pequeño bote se movía en el vasto océano que los rodeaba. Ella permanecía sentada, deseando aferrarse a algo, a un ancla de seguridad. Sus padres estaban a millas de distancia y Abby sintió una sacudida al notar lo mucho que siempre dependió de la seguridad de ellos. *Por qué siempre he dado por sentado que ellos estarían conmigo para cuidarme y cada vez que no podían arreglar algo, siempre los dejé orar por mí. Eso significa que también di por sentado a Dios, pero ahora Dios es el único que puede ayudarme.* Al darse cuenta de esto le vino a la mente un versículo que le leía su mamá: «Él cambió la tempestad en calma, y las olas del mar callaron». Era el ancla que necesitaba en la vasta soledad ya que pudo ver que Él calmó la tormenta.

De repente supo cómo orar: «Gracias, Dios, por ayudarnos hasta aquí. Por favor, llévanos pronto a tierra. No dejes que Ma y Pa se preocupen demasiado. Amén».

Lucas miró hacia el este.

—Está saliendo el sol. Hoy nos vendría bien tener un pedazo de esa vieja lona.

—¿Por qué? —le preguntó Abby bostezando.

—El sol tropical quema intensamente. Necesitas cubrirte la piel hasta que se acostumbre.

Lucas se agachó y revisó la ranura circular en el fondo del bote.

—Ahora que está amaneciendo, creo que me encargaré del mástil y la vela —le alcanzó a Abby la lona despedazada—. ¿Por qué no te cubres con esto e intentas dormir? Tomaré la primera guardia.

Abby se acomodó en la proa del bote. Su preocupación disminuyó después de orar.

Lucas observó la pequeña vela estirada al sol. El mástil había calzado cómodamente en la ranura hecha para este. No le tomó demasiado tiempo colocar todo en posición, una tarea que recordaba desde hacía tiempo cuando navegaba en el lago Quaker con su papá.

Cuando el sol lanzó su dulce luz sobre el tranquilo mar, ya el pequeño bote había tomado el viento del noroeste. El botecito se movía rápidamente sobre las pequeñas olas. Lucas no sabía si se dirigían a una costa cercana, pero esperaba que así fuese.

Observó a Abby dormida, acurrucada en la proa. Su pelo color té golpeaba levemente sobre la lona blanca. Aparte de su mamá, Abby era la persona más amable que Lucas jamás conociera. Siempre pensaba en los demás. Aunque a veces lo volvía loco cuando se ponía a recitar poesías o de repente se detenía en medio de alguna actividad para dibujar.

Supongo que es lo que la hace ser Abby. Tiene coraje, a pesar de su debilidad en las piernas. Si me hubiera soltado cuando me caí a un costado del botecito no creo que me hubiera sido posible volver a subir. Las olas eran demasiado fuertes.

Recordó cómo prácticamente las olas lo succionaron, a pesar del gran esfuerzo de Abby por sujetarlo. Si no fuera por ella, a la larga él se hubiera cansado y ahogado en el tormentoso mar. Lucas se estremeció al pensarlo.

Y esta no fue la primera vez que ella lo rescataba. También sucedió el primer par de días en Pueblo de San José, precisamente al llegar de Pensilvania. La dureza de su tía y las caras nuevas en la escuela lo sobrecogieron sobremanera por la muerte de sus padres. Pero entonces Abby le mostró una sonrisa de esperanza. Era como la luz de esta misma mañana luego de la tormenta, pensó, sonriendo mientras la miraba.

Tú no lo sabes Abby Kendall, pero a pesar de ser una niña, eres bastante estupenda.

—Abby.

Los ojos de Abby se abrieron al escuchar la voz de Lucas. Vio arriba el cielo azul y la vela blanca triangular. Escuchó el *lap, lap, lap* de las olas contra el borde del bote y sintió el movimiento continuo de este.

Suspiró contenta y se estiró. Al ver a Lucas, se sentó sorprendida y le preguntó:

—¿Qué estás haciendo al descubierto?… ¡Ah! —dijo al recordar la tormenta de la noche anterior; no estaban en la *Intrépida,* sino perdidos en alta mar.

Los ojos verdes de Lucas tenían líneas rojas.

—Estoy tratando de mantener este pequeño bote cerca de la costa —contestó él—. Pero es posible que el timón se dañara cuando nos viramos —su mano estaba apoyada en la caña de timón que movía la quilla bajo el agua.

Los ojos de Abby siguieron la mirada de Lucas y vio una costa verde a su izquierda.

—¡Ay, gracias a Dios! Lucas, vamos a estar bien.

Él le sonrió.

—Necesitamos llegar a la playa así podremos buscar agua. Estoy muy cansado. Necesito recostarme.

Ella notó el cansancio en el rostro de Lucas.

—¿Puedo guiar el bote un rato?

—Me parece que no. Hay una fuerte contracorriente luchando contra el timón. Estoy utilizando todas mis fuerzas para mantenerlo estable. Por fortuna, tenemos una buena brisa que nos lleva hacia adelante. Cuando lleguemos al próximo tramo de arena blanca intentaremos llegar a tierra.

—De acuerdo —Abby se puso de pie cuidadosamente y se acercó hacia él con la lona—. Me has dejado descansar a la sombra, ahora es tu turno de cubrirte del sol.

Le colocó la lona sobre el hombro derecho, donde el antebrazo estaba expuesto al sol, y notó que lo tenía colorado.

—Gracias —sonrió Lucas—, me alegra que hayas descansado.

—¿Cuánto tiempo dormí?

—Unas pocas horas, creo.

Abby miró alrededor. El sol pegaba fuerte. Los rayos penetraban el agua color zafiro debajo de ellos. Al mirar a su derecha se quedó boquiabierta. A varios kilómetros de distancia otra isla surgía del mar majestuosamente.

—¡Mira! También hay una isla en esa dirección.

Lucas rió.

—Me di cuenta. Pero no sé dónde estamos.

—¿Recuerdas que tío Samuel mandó un mapa en la parte de atrás de la carta? —le preguntó Abby pensativa—. Al estudiar el mapa cuando viniste a cenar me percaté de que la mayor parte de las islas solo están a unos kilómetros de distancia. Pero Maui, Lanai y Molokai forman un triángulo y están muy cerca. ¡La isla a la izquierda debe ser una de ellas!

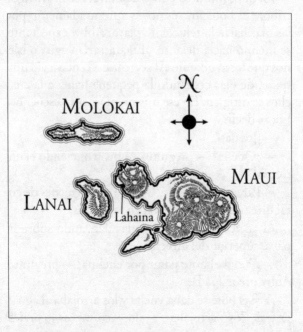

—Tienes razón —Lucas echó una mirada a la isla— nos estábamos dirigiendo a Oahu, pero la tormenta nos debe haber llevado al sur.

Justo en ese momento Abby gritó sorprendida.

—¡Mira allá, al frente, hay una playa!

—Genial —dijo Lucas.

Pero entonces viró el bote mar adentro.

—¡Te estás internando en el mar! —exclamó Abby.

—Primero tenemos que alejarnos de la tierra para luego cambiar de bordada hacia la costa —le explicó Lucas.

En unos minutos viró y la botavara se movió a estribor. El botecito se movió apresuradamente por las olas hacia la reluciente playa. Abby, expectante, se inclinó hacia delante. ¿Encontrarían agua o isleños que los ayudaran? Al acercarse a la playa vio una franja de olas cruzando la pequeña bahía a la cual ellos se dirigían. En ese mismo momento escuchó a Lucas decir:

—¡Josafat!

—¿Qué es? —preguntó Abby, frunciendo el entrecejo.

—Parece un arrecife. Uno de esos arrecifes de coral que tu tío mencionaba en las cartas.

Al acercarse, vieron las olas danzando sobre la parte superior del arrecife.

—¿Podrá el bote pasar por encima? —preguntó Abby preocupada.

¿Y si el bote se daba vuelta y los arrojaba al agua? ¿Y si los arrojaba a los cortantes corales?

¿Quedarían cortados en pedazos y se convertían en almuerzo para algún enorme tiburón hambriento?

—No sé —dijo Lucas sin quitar la mirada de las olas que se alzaban sobre la barrera—. ¡Pero prepárate para saltar al agua si el bote se vira!

No hubo tiempo para contestarle ya que, repentinamente, el océano cobró fuerza debajo de ellos y los levantó sobre las agitadas olas. Abby se aferró con firmeza de la borda. El pequeño botecito se elevó más alto y se deslizó con la ola. Justo cuando ella pensó que habían pasado la ola, el piso del bote golpeó en el coral y se atascó. La pequeña embarcación se sacudió en la marejada.

—¡El timón! —dijo Lucas, agitando los brazos mientras luchaba con el timón—. ¡Perdimos el timón! ¡Se rompió! ¡El coral lo arrancó de cuajo!

La nueva seguidilla de olas levantó el bote por sobre el coral. El viento sopló las velas con fuerza y los llevó velozmente en dirección a la playa. La arena blanca brillaba bajo el sol del mediodía. Un poco más lejos había unos árboles que se mecían bajo el viento alisio. Abby recordó que su tío Samuel los llamaba cocoteros.

Por último, con la ola el botecito llegó hasta la arena y Lucas bajó y empujó el casco, guiándolo hasta un terreno más elevado. Abby saltó detrás de él. A pesar de que su falda se le adhería al cuerpo por tener el agua hasta la rodilla, ayudó a empujar el bote hacia la arena de la playa.

—¡Lo logramos! —gritó contenta.

Lucas sonrió y ella notó que él se balanceaba con la brisa, al igual que los árboles.

—Mejor recuéstate a la sombra y descansa —le dijo ella—. Tomaré el primer turno de guardia.

Tomó la lona del bote y la colocó en la arena junto a un cocotero. Lucas le agradeció con un murmullo y prácticamente se quedó dormido antes de que su cabeza tocara la lona.

Abby observó cómo los vientos alisios soplaban sus cabellos. Pensó: *Merece un buen descanso. Espero que duerma unas horas.* Se sentó junto a él, le desató las botas hasta los tobillos y se las quitó, al igual que las medias. Abby movió los dedos de los pies metidos en esta arena que parecía azúcar.

Entonces se dirigió al borde del agua. El océano no era tan frío como en California. En la orilla, las tibias olas con espuma le mojaron los pies. Sus dedos se enterraron levemente bajo la arena dorada. Se inclinó y se lavó la cara con el agua y casi se enjuaga la boca, pero luego recordó que el agua salada le daría más sed de la que ya tenía y la jarra de agua se les había perdido en la tormenta.

Quizás pueda encontrar un coco y abrirlo. Tío Samuel dice que no hay nada más dulce que el jugo de un coco maduro.

Abby sintió una ola de esperanza.

Podremos subsistir con los cocos, si fuera necesario. Quizás también podamos reparar el bote. ¡De alguna manera encontraremos a mi familia!

Capítulo diez

Abby se sentó a la sombra de un cocotero, el vestido se secó rápidamente pero le quedó tieso por el agua salada. Su cabello, empapado por la lluvia y el agua de mar, le caía sobre la espalda en rizos como tirabuzones del color de la nuez moscada.

¡Qué vista tenía! El océano brillaba como una joya aguamarina y el cielo reflejaba sus tonos, añadiendo mechones de nubes blancas. Los vientos alisios hacían que los cocoteros rozaran, provocando un suave sonido como de papeles que podría hacerla dormir, pero sabía que tenía que buscar cocos caídos y agua dulce. La sed le hacía sentir la lengua pesada.

Abby se dio vuelta y vio el área boscosa detrás de la playa. Decidió ir descalza a explorar la zona para que las botas tuvieran tiempo de secarse. Miró cariñosamente a Lucas, esperando que él durmiese hasta su regreso y se dirigió a la arboleda.

Algunos de los árboles se veían torcidos y secos, mientras que otros eran exuberantes y verdes, con hermosas flores blancas y amarillas que llenaban el ambiente de un aroma delicioso y dulce.

Abby recogió algunas, recordando que en la última carta su tío Samuel le había enviado unas flores. Recordó las palabras de su tío: «Las flores de plumeria generalmente se utilizan para hacer guirnaldas hawaianas que ellos usan en ocasiones especiales».

«¡Ay!» Abby pegó un salto al pincharse el pie con una espina. Era una espina de más de dos centímetros de largo y dura como un clavo. «¡Kiave!» susurró mientras se sentaba para quitarse la espina del pie. Se alegró de que no estuviera muy profunda. Sabía por su tío Samuel que los árboles kiave no eran árboles nativos sino que los llevaron a la isla durante los últimos veinte años. Las espinas se habían clavado en varios pies descalzos... incluyendo el suyo.

Abby vio un coco en el suelo, delante de ella. Al acercarse escuchó el ruido de un arroyo a unos seis metros de distancia. Se apresuró a la deliciosa promesa de agua. Se levantó la falda hasta las rodillas y se arrodilló para beber la fresca y cristalina agua. ¡Nunca el agua había tenido tan rico sabor! Bebió durante varios minutos, hasta que escuchó un chapoteo cerca. Al levantar la cabeza vio un par de piernas paradas junto a ella en el arroyo, metidas hasta los tobillos. Por un momento miró las rodillas arrugadas color castaño.

Quedó boquiabierta al levantar la vista. De pie junto a ella había un anciano hawaiano que la miraba con ojos sombríos y tenía un aspecto amenazador en su rostro moreno. A Abby le latía fuerte el corazón mientras se ponía de pie. Le goteaba agua del mentón y le costaba tragar.

—Ahh, hola —dijo titubeante, tratando de sonreír.

Él no sonrió. Su aspecto amenazador se agudizó, mostrando arrugas en su frente y mejillas.

—*Haole* niña. ¿Por qué estás aquí? —preguntó él.

Abby tragó saliva.

—Nosotros… mi amigo y yo llegamos aquí en nuestro botecito —dijo ella dándose vuelta en dirección al distante mar—. Él… todavía está durmiendo allí… Estábamos perdidos en el mar.

El anciano estiró el mentón hacia fuera. Sus ojos oscuros penetraron en los de ella como si estuviera examinando su alma.

—¡Regresen! —le dijo de mala manera al tiempo que levantaba el bastón, señalando hacia el mar.

—¡Abuelo! —se escuchó la voz de una niña desde unos árboles al otro lado del arroyo.

Abby levantó la mirada y vio a una niña, más o menos de su edad, que se asomaba entre unos árboles de plumeria. Era hermosa, pensó Abby. Su cabello negro le caía hasta las rodillas.

—Abuelo, no asustes a niña *haole*. Necesita nuestra ayuda.

Caminó hacia ellos con el cabello agitándose bajo la brisa, rozando el dobladillo de su vestido hawaiano largo hasta las rodillas. Llevaba puesto un vestido rojo sin mangas atado de alguna forma al pecho. De su cuello colgaba una gruesa guirnalda hawaiana de flores blancas y detrás de la oreja izquierda tenía una flor roja de hibisco.

—Soy Nalani —dijo sonriendo—, él ser mi abuelo Lonokai. Él ser un sabio *kahuna*, que en su idioma es «sacerdote».

Nalani se acercó y acarició uno de los rizos de Abby.

—Tu cabello es claro como el color de la cáscara de coco.

Abby se echó a reír.

—¡En este momento lo siento como madera!

Nalani se quitó la guirnalda hawaiana y reverentemente se la colocó a Abby por encima de la cabeza dejándosela caer sobre los hombros.

—*Aloha*. Bienvenida a Maui —dijo—. Espero que encuentres aquí todo lo que necesites.

—Maui… ¿Entonces estamos lejos de Oahu? —preguntó Abby.

—Sí. ¿Te llevará tu bote?

Abby frunció el ceño.

—No, no. Es demasiado pequeño, y quedó dañado cuando llegamos a la costa. Nos alegramos mucho de haber llegado hasta aquí.

—Ahhh —Nalani asintió con la cabeza—. Entonces ir a Lahaina y conocer marineros para llevarte.

A Abby se le iluminó el rostro.

—¿Es cerca este… Lahaina?

—Sí —Nalani extendió una mano hacia Abby—. Primero ven a comer. Luego vas por Lahaina. Nosotros tratarte bien.

Nalani guió a Abby hacia el sector de árboles del cuál había aparecido.

Al mencionarle comida, a Abby le rugió el estómago. Nalani se echó a reír.

—¿Ves?, Nalani saber qué ser bueno. Ven, prueba *poi*. ¡Es una delicia!

Abby la siguió ansiosa, echando una mirada hacia atrás. Lonokai aún la miraba amenazante mientras caminaba detrás de ellas. Al pasar por la arboleda, Abby vio una villa hawaiana al frente. Ocho chozas de paja estaban colocadas en círculo, con hoyos para hacer fuego delante de cada una de ellas. La gente estaba acordonada, viendo el sol del atardecer. Los niños giraban y jugaban un juego en el que corrían. Dos mujeres estaban sentadas cerca de una piedra ahuecada, golpeando algo con un pequeño garrote. Unos pocos ancianos hablaban sentados en círculo. Lonokai se unió a ellos.

Cuando Abby apareció, todos dejaron sus actividades y clavaron sus miradas en ella. Nalani la señaló y dijo:

—Ella es Abby. Necesita comida. Su bote se perdió en mar grande.

De pronto Abby se vio rodeada de, por lo menos, veinte personas, sonriendo y hablando un mal inglés con algunas palabras en hawaiano. Se sentó en la alfombra que le ofrecieron. Una mujer se le acercó con un cacharro de comida al mismo tiempo que separaba a la multitud que la rodeaba. Extendió el recipiente hacia ella.

—*Poi* —le dijo alentándola—, come, siéntate bien.

Abby tomó el recipiente.

—Gracias.

Al bajar la mirada notó que era comida que nunca había visto antes. ¡Parecía una pasta color púrpura!

¿Cómo puedo comer esto sin una cuchara?, se preguntó.

Al ver la confusión de Abby, la mujer volvió a tomar el recipiente. Se aseguró que Abby la estuviese mirando y entonces metió los primeros dos dedos en el cacharro, se los llenó de la pasta púrpura y se los llevó a la boca. Cerró los ojos en señal de éxtasis y se chupó cada gota de *poi* de sus dedos.

Abby quedó boquiabierta.

Debe ser delicioso.

La mujer instó a Abby a que lo probara..

—¡Come, come!

Nerviosa y sosteniendo el recipiente con su mano izquierda, Abby metió dos dedos en la masa púrpura. Efectivamente, se le pegó a los dedos como una pasta. Abby notó cómo todos los ojos la miraban y con precaución se llevó los dedos a la boca. *¡Uff! Es como masa de harina de maíz agria... y tiene gusto a fango de estanque.*

La multitud contuvo el aliento, esperando su reacción. Al sonreír, las cabezas asintieron en señal de aprobación. «Gracias» dijo Abby, tragando por pura amabilidad.

Definitivamente no era algo que ella elegiría comer, pero ya que estaba tan hambrienta también estaba agradecida.

Otra anciana trajo un plato con frutas y Abby se alegró al ver una banana que disfrutó con cada bocado. Luego se le acercaron otros, ofreciéndole papaya cortada y jamón cocido. Le dieron medio coco; Abby se lo llevó a la boca y bebió su dulce y lechoso líquido.

Durante todo este tiempo Nalani estuvo sentada cerca de ella conversando.

—No te preocupes por mi abuelo Lonokai. Él recuerda viejos dioses pero Kaahumanu, la reina gobernante, los echó al mar. Ahora sigo al Dios del hombre blanco, pero abuelo no confía en gente *haole*. Él ser anciano y tener viejos dioses. Él ver varios amigos morir por enfermedades traídas por *haoles*, pero olvidó el camino de *aloha*… que es acoger a todos.

Abby miró efusivamente a Nalani, agradecida de que le explicara por qué su abuelo la miró de mala manera.

—Eres muy amable, Nalani. Gracias por la comida, pero creo que debo regresar con Lucas antes que despierte.

—¿Quién es Lucas?

—Mi amigo. Está durmiendo en la playa. Nos caímos al mar durante la tormenta. Ahora necesitamos encontrar a mis padres… de alguna manera —le explicó Abby con un nudo en la garganta.

Estaban tan lejos de casa, tan lejos de sus padres. ¿Cómo conseguirían que alguien los llevara en barco a Oahu si no tenían dinero para los pasajes? *¿Y si nunca vuelvo a ver a mis padres?*, pensó Abby.

Los ojos de Nalani brillaron con compasión.

—Irás a tu casa. En Lahaina haber muchos marineros y barcos. Cuídate de malos marineros. Beben demasiado ron y pelean de noche.

Nalani se cepilló el cabello y se puso un dedo en los labios como si estuviese pensativa.

—¡Lo sé! —dijo— encontrar al pastor de los marineros en iglesia blanca cerca del puerto. Él ayuda *haoles* y ora grandes oraciones.

—El pastor de los marineros… eso es maravilloso, Nalani. Gracias. Ahora debo regresar donde está Lucas antes de que se despierte y se preocupe por mí.

—Ven —le dijo Nalani, tomando la mano de Abby—; le llevaremos comida.

—¡También una jarra de agua! —dijo Abby.

Lucas lo olió en su sueño. *Jamón… batatas…*, pensó, mientras comenzaba a despertarse y a darse vuelta con los ojos cerrados. Se despertó sobresaltado al tocar la arena caliente con sus manos. Abby lo miraba sonriendo. Junto a ella se encontraba una niña aproximadamente de su edad con cabello largo y oscuro. Era de la isla y llevaba un vestido rojo que le llegaba hasta las rodillas.

Lucas se levantó como una flecha y miró boquiabierto a Nalani. ¡Nunca había visto piernas de mujer! Se dio vuelta para mirar a Abby, quien se reía a carcajadas, y él susurró: «¡Una hawaina!»

Esperó a que Abby los presentase, pero ella se reía a carcajadas, así que Nalani se le acercó.

—*Aloha*, Lucas. Bienvenido a Maui. Soy Nalani.

Luego tomó la guirnalda de flores hawaiana que colgaba de su brazo y se la colocó a Lucas por encima de la cabeza. Se inclinó hacia delante y lo besó en ambas mejillas, las cuales estaban al rojo vivo.

Lucas tragó con dificultad y apenas pudo decir:

—Gusto en conocerte. Estoy seguro.

De inmediato desvió la mirada del interesante vestido isleño. Abby se calmó lo suficiente para señalar los recipientes de comida a corta distancia.

—Mira, Nalani te trajo comida. Es muy rica, Lucas. ¡Come, come!

Lucas le sonrió a Nalani.

—Gracias. ¡No me lo tienes que decir dos veces!

Entonces se sentó frente a los alimentos y luego de beber un largo sorbo de agua comenzó a comer cerdo asado, bananas, fruto del pan horneado y papaya.

—Aquí tienes, prueba este —dijo Abby mientras le alcanzaba un recipiente.

Lucas espió dentro.

—Es púrpura, Abby. ¿Qué es?

—*Poi* —dijo Abby con júbilo en sus ojos.

Nalani dijo alentadoramente:

—Es un deleite. Está hecho con taro, una especie de planta tropical.

Introdujo dos dedos en el recipiente para mostrarle a Lucas como se comía. Con delicadeza se llevó los dedos a la boca y cuando los sacó estaban completamente limpios. Lucas la imitó con cuidado, introduciendo dos dedos en el *poi*. Al sacarse los dedos de la boca, luego de haberlos chupado, Lucas entrecerró los ojos por la sorpresa que le produjo el sabor a vinagre.

—Mmmmm —exclamó evasivamente—. Muy interesante.

—¿Verdad que sí? —añadió Abby con malicia.

Nalani se rió, al parecer contenta, de que Lucas disfrutaba del *poi* tanto como Abby.

Durante unos minutos las niñas se quedaron viendo cómo Lucas se repletaba, pero se aburrieron al ver que Lucas decidió comerse todo lo que había.

—Nalani, vamos a caminar —dijo Abby mientras se dirigía a la costa—. Lucas estuvo mucho tiempo sin comer. Él vino en el barco como polizón, por lo que no pudo comer mucho.

Se detuvo y recogió de la playa un caracol color rosa de gran tamaño.

—¿Qué es un polizón? —preguntó Nalani con ojos de preocupación—. ¿Una enfermedad?

Abby examinó el caracol que tenía en las manos.

—No, significa que se escondió en el barco para poder venir con nosotros. Nadie más que yo sabía que estaba allí.

—Ah. ¿Tu mamá y tu papá lo van a recibir en la familia?

Abby se mordió el labio inferior.

—Sé que lo aman, y creo que lo aceptarán. Es como un hijo para ellos, pero la tía de Lucas es un problema. Es muy adinerada y puede que intente llevárselo de regreso. Todavía no sé como va a resultar.

Nalani dejó de caminar y se cubrió los ojos para protegerse del sol al hablar con Abby.

—Dile a Lucas venir a vivir aquí. Nuestra casa grande. Nuestros corazones *nui...* mucho lugar para amor.

—Gracias, Nalani. Se lo diré.

Abby comenzó a caminar por la pequeña duna de regreso a donde estaba Lucas. Sabía que Nalani lo decía de corazón pero se preguntaba qué diría su abuelo de un niño *haole* que viniera a vivir a su casa. Lucas se encontraba recostado sobre la espalda cuando ellas se esforzaron para subirse a la pequeña duna . Había cacharros tirados por doquier.

—Ahh —se quejó con una mano en la barriga—. Duele, Abby.

Abby se quedó boquiabierta.

—Lucas, ¿te lo comiste *todo*?

Se sentó junto a él en la arena tibia.

—¿Crees que comí demasiado? Quiero decir, teniendo en cuenta que probablemente mi estómago se achicó algo.

Ella movió la cabeza y se rió.

—Sí, pero creo que sobrevivirás. Veo que también te comiste el *poi*.

Lucas eructó y se dio vuelta.

—Oh, no me lo recuerdes. Era tan púrpura.

—¡Niño *haole* comer bien! Iré por más *poi* —dijo Nalani mientras recogía los cacharros con satisfacción en el rostro.

Lucas, con el estómago lleno, se volvió a dormir casi de inmediato. Abby ayudó a Nalani a llevar los recipientes de regreso a su casa de paja después de lavarlos en el arroyo. Abby siguió las instrucciones de Nalani y supo que podían seguir las huellas que corrían junto al mar hasta llegar a Lahaina, la ciudad ballenera de las islas de Hawai.

—Váyanse pronto para que no lleguen de noche —dijo Nalani—. Los marineros toman mucho ron. El pastor de los marineros dice que mezcla de ron con agua es «bebida del diablo». Mejor niñas *haole* quedarse adentro.

Abby le agradeció mucho todas las atenciones y dejó la pequeña aldea para regresar a cuidar a Lucas. Se había esforzado tanto por llegar hasta la costa que no se animó a despertarlo. Por último, se recostó en la arena y escuchó el chapaleteo de las mansas olas en la playa. Sobre ellos flameaban, bajo la suave brisa, las ramas de palmeras y, sin darse cuenta, se quedó dormida.

Capítulo once

«¡Abby!»

Escuchó la voz de Lucas y sintió que le sacudía el hombro. Abby intentó darse vuelta y traer las cobijas hacia arriba, pero no había cobijas. Se sentó, se frotó los ojos y bostezó.

—¿Qué hora es? —preguntó.

—No sé, pero el sol está bajando, será mejor que nos vayamos.

Lucas se acarició el estómago, hinchado de una manera como Abby nunca se lo había visto.

Cansada, se puso de pie y se sacudió el rígido vestido mientras pensaba lo mucho que le gustaría darse un baño caliente y acostarse en su cama; hasta le hubiera gustado estar en la pequeña cama que compartía con Sara en el barco. *¿La volveré a ver?*, pensó. La pregunta le llenó los ojos de lágrimas, por lo que escondió su cara de Lucas y se inclinó a recoger la canasta que Nalani le había dado para el viaje a Lahaina.

—Será mejor que… nos apuremos. Nalani dice que no es buena idea andar de noche por las calles de Lahaina.

Lucas echó una mirada al horizonte.

—Diría que tenemos un par de horas. Vamos caminando.

Se marcharon en dirección a la aldea y se detuvieron en el arroyo a beber agua. Abby le mostró a Lucas el camino que Nalani le había señalado.

—Nos mantendremos en el camino que bordea la orilla y llegaremos pronto.

La arboleda junto al camino de tierra mantenía alejado los vientos del océano. Abby sintió, bajo ese calor tropical, que el sudor le comenzaba a rodar por la frente.

—Tengo ganas de arrancar estas mangas largas —murmuró al aire.

—¿Por qué no le pides a Nalani que te preste uno de sus vestidos? —bromeó Lucas.

La cara de Abby ya estaba enrojecida, no había lugar para sonrojarse.

—¡Qué gracioso! Pues para que sepas, pensé que su vestido hawaino era hermoso. De hecho, es sensato para este horrible calor.

Las cejas formaron una sola línea cuando Lucas chilló.

—Oh, seguro. Es hermoso... especialmente su inusual dobladillo.

Abby no le hizo caso y se concentró en el paisaje. El aire traía el dulce aroma de las plumerias. Acá y allá veía árboles de papaya y arbustos bajos con grandes flores rojas de hibisco.

Al poco tiempo se le cansaron las piernas y le comenzaron a doler los pies. Al llegar a un lugar abierto se acercó a un pequeño precipicio donde golpeaban las olas del océano contra las piedras de lava. Se sentó, tomó una jarra de agua de la canasta que Nalani les entregó y bebió un sorbo.

Lucas puede seguir sin mí, pensó. De todas maneras, no le gustaba la actitud de Lucas. Se sentía cansada, malhumorada, desgreñada y acalorada. Estaba perdida en una isla en medio del Océano Pacífico sin saber cómo reunirse con sus padres. No era momento para ponerse insolente. Él debía saberlo.

—Vamos, Abby —dijo Lucas detrás de ella—, no te tomes todo el día. ¿Acaso estás dibujando?

No le hizo caso.

La realidad era que sus piernas estaban demasiado cansadas de caminar. Solo llevaban unos cuarenta y cinco minutos por ese camino, pero ella se sentía completamente exhausta. Por lo general, Lucas entendía. Finalmente, Abby se detuvo.

—Ya voy —se dio cuenta que su voz sonó irritada mientras guardaba la jarra y caminaba cansadamente hasta el camino en el que se respiraba ese aire húmedo y caliente.

—Déjame cargar la canasta —le dijo Lucas mientras la agarraba—. Ahora, vámonos.

Después de media hora los tobillos y los pies de Abby comenzaron a entumecerse. Parecían tener voluntad propia y, al parecer, querían tropezar. Ya se había caído dos veces y se lastimó las palmas de las manos. Finalmente, frustrada, se sentó en una rama caída.

—Lucas, necesito descansar.

Sabía que él entendería. Siempre lo había hecho.

—No. No tenemos tiempo para sentarnos. Esta vez tengo que presionarte para que sigas, Ab —dijo él al acercársele—. Vamos.

Se quedó boquiabierta y nuevas gotas de sudor se le formaron en el labio superior. ¡Lucas nunca había sido tan insensible!

—¿Qué? ¡Bueno, si quieres presionarme tanto, entonces ve y consígueme un caballo!

—¡No te comportes como una niña tonta! Fue Nalani la que te dijo que nos apresuráramos.

—Bueno… entonces, me arrepiento de haberte dejado dormir. Si hubiera sabido que te comportarías como un terco no te hubiera dejado dormir —se cruzó de brazos y le dio la espalda.

Lucas largó un gruñido de frustración y se sentó en una gran piedra.

—Nunca creí que llegaría el día… —susurró lo suficientemente alto como para que Abby lo escuchara.

—¡Yo tampoco! —le contestó ella. Estaba furiosa por su actitud—. Eres grosero… y… y terco, y… —se mordió el labio y miró hacia el mar.

Al quedarse callado, Abby lo miró. Él se sentó, encorvado, con la cabeza entre las manos y parecía muy abatido. Luego suspiró profundo y levantó la vista. Sus miradas se cruzaron, la de ella enojada y violenta, la de él mojada y llena de mucha tristeza.

—No comprendes, Abby, es mi culpa que estés aquí. Si no me hubiera metido en el bote salvavidas no habrías estado en él durante la tormenta y ahora estarías con tu Ma y tu Pa. Es mi culpa que, probablemente, ellos estén desolados. Estarán pensando que estás muerta.

Le cayeron algunas lágrimas. Era la primera vez que ella lo veía llorar. Se puso de pie y fue hacia él.

—No es tu culpa, Lucas. Lo haría de nuevo con tal de que vinieras a vivir con nosotros en Hawai —lo acarició en la espalda—. Gracias por preocuparte por Ma y Pa. Yo también… he estado preocupada.

Las lágrimas rodaron por sus mejillas. Sabía que parte de la tristeza se debía al agotamiento extremo. No podía caminar tanto como otras personas. Tenía limitaciones físicas y le dolía admitirlo.

Lucas la tomó de la mano y le suplicó que se sentase junto a él. Le puso el brazo sobre el hombro.

—Somos una buena pareja de bebés llorones, ¿no?

A Abby se le iluminó el rostro.

—No… Solo muy buenos amigos.

Él la abrazó.

—Muy buenos amigos que van camino a casa.

Abby se inclinó y recogió un palo fino. Hizo un rodete con su cabello a la altura del cuello y lo atravesó con el palo.

—Ahora sí. Me mantendrá más fresca. Lucas, ya estoy más descansada. Vamos a Lahaina a buscar al pastor de los marineros.

—Dame un segundo —revolvió la canasta y sacó un pequeño tazón de madera cubierto con un paño de cocina rojo—. Podría comer de nuevo.

¿Qué hay aquí? —preguntó mientras quitaba el paño.

Abby se mordió el labio.

—Nalani empacó tu comida favorita... *poi*.

Lucas, haciendo una mueca, apoyó el tazón en la piedra.

—Es una niña muy considerada, pero a lo mejor aquí cerca hay alguna fiera hambrienta. Seamos buenos y dejémoslo aquí.

Abby soltó una carcajada mientras los dos volvían al camino y el sol se escondía en el horizonte.

Caminaron con paso lento por la penumbra. Con frecuencia las raíces de los árboles parecían lanzarse al camino, haciendo tropezar a Abby. Lucas la sostuvo dos veces antes de que se cayera nuevamente.

El camino los llevó hasta el océano y se detuvieron a contemplar las olas de bordes plateados rompiendo en la orilla. El aire era suave. Cuando la luna salió en el horizonte dibujó un brillante sendero desde el mar hasta ellos. En la playa los cangrejos corrían apresuradamente por la arena en busca de comida.

—Mira, Ab —dijo Lucas, señalando la curva en la bahía—; puedo ver las luces del pueblo. Creo que llegaremos pronto.

Abby siguió la dirección de su dedo.

—Estupendo. Vamos.

—Ese es el camino —indicó Lucas.

Media hora más tarde se encontraban en las afueras de Lahaina. Palmeras, árboles de mango y de plumeria yacían bordeando las lagunas de peces y los jardines del pueblo. Las paredes bajas de piedra rodeaban los cultivos.

—Mira —dijo Lucas, señalando un arroyo que cruzaba el camino—; debe haber un manantial de agua dulce en las colinas, detrás del pueblo. La usan para regar el cultivo.

Abby vio la luna reflejada en las diferentes lagunas y pantanos. Lucas se subió a una gruesa pared de piedra.

—Vayamos por este camino de piedra —sugirió—. Mantendremos los pies secos.

Ayudó a Abby a subir. La cerca de piedra los llevó al límite de Lahaina.

Desde antes de entrar al pueblo ya se escuchaba la música del piano que escapaba por las puertas abiertas de las tabernas situadas en la calle frente al océano. Los ruidosos marineros se agrupaban en la rambla de madera delante de los comercios y bares. Las lámparas de la calle, de aceite de ballena, iluminaban la escena mientras Abby y Lucas, con mucha cautela, iban por la calle que de acuerdo a los carteles se llamaba calle Frente.

A la derecha de ellos las olas del océano seguían hasta las tiendas pero frustradas chocaban contra el malecón. Abby tenía la impresión de que el océano quería emerger y llevarse a los bulliciosos marineros del pintoresco puerto marítimo.

Ambos caminaron tocándose los hombros mientras se apartaban de las tabernas, lejos de los marineros y cerca del malecón. En la bahía estaba anclada una flota de barcas balleneras, esperando el regreso de su alborotadora tripulación.

—Así que esto es Lahaina —dijo Abby.

Lucas se retiró el cabello de la frente sudada para sentir el viento que soplaba del mar.

—Sí. Estamos entrando a la capital ballenera del mundo. Por la cantidad de barcos allí afuera no es difícil creerlo.

Abby miró hacia adelante para leer los letreros de los establecimientos en la calle Frente: *El Mercadero, El Boticario Chino Won Ton, El Tonelero* (donde se fabricaban barriles), y *Reparaciones de Velas por Tucker*. Por cada negocio había dos bares con nombres descriptivos como *La Guarida del Escocés, El Barril de Ron, y Grog y Juegos*. A medida que los dos chicos pasaban por los bares, escuchaban el campanilleo de los vidrios y las voces de enojo.

Justo cuando llegaron al final de la calle, la cual llevaba a un hospedaje frente a la bahía, dos hombres fornidos atravesaron la puerta de una de las tabernas cayendo en el camino de tierra, delante de Abby y Lucas. La caída a tierra no frenó a los dos hombres ya que se pusieron de pie y se enfrentaron con los puños levantados. Lucas tomó a Abby de la mano poniéndose él delante de ella mientras observaban el suceso conmovedor con la boca abierta.

—Lo tenías merecido, víbora de panza amarilla. ¡Nadie que me miente la madre vive para contarlo!

El marinero enfurecido se paró en la calle de tierra con las piernas separadas y las mangas de la camisa remangadas, dejando ver sus grandes molleros.

Tiró un golpe de derecha, alcanzando la mandíbula del hombre más alto. Abby se estremeció al escuchar el sonido del puñetazo, golpeando de lleno en la quijada. El hombre más alto giró al recibir el golpe pero regresó para golpear al asaltante en su barbuda mandíbula. Una y otra vez los dos puños golpearon las caras de los oponentes hasta que varios minutos más tarde el hombre alto y delgado quedó tirado en la calle, aparentemente, sin poder levantarse para seguir recibiendo el castigo.

El fornido marinero vestido con camisa apretada sin mangas se paró delante de él y lo tomó del cabello. Tomó un cuchillo y se lo puso en la garganta del hombre caído.

—Retira lo que dijiste o cortaré tu garganta como mi papaya del desayuno.

Casi inconsciente, el otro hombre murmuró —retiro lo dicho, Chacal.

El ganador guardó el cuchillo, soltó la cabeza del otro hombre y comenzó a retirarse.

Abby aflojó las manos al sentir alivio, pero de repente, Chacal se dio vuelta y se dirigió al hombre caído. Llevó la pierna hacia atrás y pateó con fuerza el costado del hombre.

—¡Esto te ayudará a recordarme por la mañana! —dijo con retorcida risa.

Abby quedó boquiabierta por lo que había visto y recién entonces el hombre miró en su dirección. Lucas se paró delante de Abby para cubrirla mientras el marinero caminaba en dirección a ellos. Su cabello revuelto, de color negro, se soltó del nudo que lo sujetaba. Al abrir la boca para hablar, la barba sobresalió hacia delante.

—¿Qué miran? —gruñó Chacal.

Sus dientes puntiagudos lucían amenazantes, como colmillos.

—Nada, señor —contestó Lucas rápidamente.

El marinero los miró de arriba abajo con disgusto.

—¡Pues cierren sus trompas abiertas y váyanse! —gritó.

Lucas, muerto de miedo, tomó a Abby y ambos se marcharon apresuradamente del escenario. Escucharon la risa del marinero detrás de ellos. A Abby se le puso la piel de gallina en los brazos mientras caminaban deprisa por la calle Frente hacia el pequeño puerto. Mientras viviera, Abby no olvidaría el sonido de la risotada de Chacal.

Al pasar el último negocio y el último farol, Abby habló por primera vez desde la pelea.

—¡Lucas, nunca había visto algo así! ¡Nunca vi a nadie tan cruel! ¡Se parecía al famoso pirata «Barbanegra»!

Lucas frunció la nariz, disgustado.

—No era exactamente el comité de bienvenida de las damas, ¿verdad?

Abby intentó olvidar su malestar.

—Nalani dijo que la pequeña iglesia blanca estaba al otro lado del puerto.

—Ahí está —dijo Lucas.

Bajo la sombra de un gran árbol se encontraba una pequeña iglesia con una pequeña torre y angostos escalones que llevaban a la puerta principal. Al acercarse, vieron que la puerta estaba abierta. Lucas aún tenía a Abby tomada de la mano.

—Veamos si se encuentra el pastor de los marineros.

Todavía acobardada por el hombre que siempre recordaría como «Barbanegra», Abby casi lloriqueaba.

—Esperemos que se encuentre el pastor. ¡Definitivamente, el pueblo lo necesita!

Capítulo doce

Al subir las escaleras, Abby escuchó unas voces suaves provenientes de la pequeña iglesia.

—¡Lucas, creo que está aquí!

—Shhh —Lucas metió la cabeza dentro del salón iluminado con velas—. Hay dos hombres en el frente. Esperemos a que terminen.

Lucas se sentó en las escaleras mientras Abby espiaba dentro de la iglesia. Pudo ver una gran cruz de madera en la pared detrás del altar. El salón estaba lleno de bancos de madera, excepto en el pasillo central. El que parecía ser el pastor estaba sentado en el banco del frente con otro hombre; «un marinero», pensó Abby. Ambos tenían la cabeza inclinada en oración, pero Abby no pudo descifrar las palabras. Regresó y se sentó con Lucas.

—Parece que de noche mantiene la iglesia abierta para los marineros arrepentidos —dijo ella.

Estar en esta iglesia de alguna manera le recordaba su propia iglesia, donde se sentía segura, querida y cerca de su familia. Sintió dolor.

—Diría que es un buen pastor.

—Supongo que sí —dijo Lucas evasivamente—. Parece ser un trabajo en vano, dado todas las tabernuchas cercanas. No veo marineros en fila a la puerta.

—¡Bueno, si un pecador se arrepiente, los ángeles se regocijan en el cielo!

—¿Es así? —preguntó Lucas lentamente—. No sabía que los ángeles asistían a fiestas. ¿Ahora me vas a decir que bailan?

—¡Si tú te arrepientes de seguro harán un gran baile, Lucas Quiggley!

Lucas le sonrió a la luz de la luna.

—Bueno, no te hagas ilusiones. No soy ni bailarín ni creyente.

Abby se dio vuelta.

—Lo sé.

Se dio cuenta que ella tampoco era un modelo de creyente.

Sus apaciguadas palabras lo molestaron más de lo que quiso reconocer.

—Ah, no te apenes tanto. Si existe un Dios, probablemente tenga un plan para casos perdidos como yo.

En ese momento escucharon pasos detrás de ellos. Al darse vuelta vieron que dos hombres salían de la pequeña iglesia. Lucas se puso de pie y le extendió la mano al hombre con cuello blanco de pastor.

—Hola, señor. Soy Lucas Quiggley y ella es Abby… Abigail Kendall. Vinimos a ver si nos puede ayudar.

El pastor le dio la mano a Lucas y saludó con la cabeza a Abby cuando ella se puso de pie para saludarlo.

—Soy el pastor Achilles, pero aquí todos me conocen como el pastor de los marineros. Me da mucho gusto conocerlos —luego le dio la mano al hombre que estaba parado a su lado—. Carlos, no te olvides de leer la Biblia todos los días. Te llenará de agua viva y no necesitarás beber más whisky.

El marinero con cara de oso le sonrió.

—Gracias por el libro, pastor —dijo, sujetando la Biblia al bajar las escaleras.

El pastor Achilles se dirigió a Abby y a Lucas.

—Jóvenes, ¿en qué puedo ayudarlos? ¿Han venido a aprender de Dios?

Lucas se aclaró la garganta.

—No, señor. Abby creció en el seno de la iglesia. La ayuda que necesitamos es un poco más práctica.

Abby se metió en la conversación.

—Nos perdimos en el mar en un bote salvavidas del barco y mis padres probablemente piensan que nos hemos ahogado. Por supuesto, no ha sido así. ¡De todos modos, necesitamos llegar a la isla donde ellos se encuentran para contarles lo que pasó!

El pastor abrió la boca de asombro ante la explicación de Abby. Luego colocó un brazo sobre los hombros de cada uno de ellos guiándolos por la puerta de la iglesia.

—¿Por qué no entran y me cuentan todo… quiero decir, desde el principio?

Abby respiró aliviada. Habían encontrado al hombre indicado para ayudarlos, estaba segura. Lo único que debían hacer era explicarle su situación y él les encontraría un capitán que se dirigiese a la isla Oahu.

Se sentaron en un banco cerca del candelabro y Abby dijo:

—Bueno, comenzó hace unas semanas en California cuando mis padres recibieron una carta de mi tío Samuel…

Media hora más tarde el pastor se puso de pie y se frotó el bien afeitado mentón.

—Creo conocer el hombre indicado para ayudarlos… el capitán Horacio Chandler. El año pasado guié a su hijo al conocimiento de Jesús antes de que el pobre joven se embarcara a Brasil y muriera de fiebre. Le partió el corazón al capitán, pero es un buen hombre y estoy seguro que los ayudará. Si no me equivoco se dirigirá a Oahu… quizás esta misma noche, con la marea creciente. Mejor nos apuramos para ver si lo podemos encontrar en el pueblo. De otro modo, tendremos que nadar hasta su barco, cosa que detesto hacer de noche. ¡Uno nunca sabe lo que se oculta en la oscuridad debajo de las piernas!

Lucas miró a Abby con las cejas arqueadas.

—Apúrate, Ab. No quiero nadar cuando los tiburones estén buscando la cena.

Los dos apuraron el paso mientras seguían al pastor Achilles que iba saliendo de la apacible iglesia, de regreso a las ruidosas calles de Lahaina.

El pastor Achilles los guió por un paseo de entabla-
do de madera en la calle Frente y se pararon a mirar
en cada cantina. A Abby le comenzó a perturbar su
curiosidad tan pronto entraron en *Grog y Juegos* y se
ausentó por varios minutos. Lucas estaba sentado
pacientemente en el paseo de madera dándole la espalda; pero ella tenía que espiar dentro de la
taberna.

Entró por la puerta abierta y se paró, mirando el
salón. A pesar del humo, las velas en las mesas iluminaban lo suficiente como **para** ver el interior. El sonido de los vasos, los marineros hablando y las sillas
que se arrastraban, le saturaron los oídos al espiar
en busca del pastor Achilles.

—Ja–ja–ja.

Abby se quedó rígida al escuchar la áspera risa.
Conocía esa risa… y la llenó de miedo. Se le aceleraron las pulsaciones y le retumbaron en la sien. ¡Era
la risa malvada del marinero con el cual se habían
encontrado cara a cara hacía un rato!

En la penumbra, Abby pudo verlo sentado en
una mesa del fondo de la taberna junto a otro
hombre.

—¡Por el éxito! —levantó la copa y brindó con
su compañero de tragos.

Luego de beber el trago enrolló un pedazo de cuero y lo guardó en el bolsillo delantero de su camisa.
Al beber otro whisky con agua sus ojos vagaron más
allá del vaso y vieron a Abby. Su sonrisa murió ins-
tantáneamente, revelando una fría expresión que
puso nerviosa a Abby. Instintivamente se echó hacia

atrás, contra la pared, quedando boquiabierta al golpear con la misma.

El marinero, todavía mirando a Abby, se puso de pie. Abby sintió pánico cuando cayó la silla en la que él estaba sentado y no se detuvo a levantarla. ¡Iba rápidamente hacia ella!

¡Oh, no! Sintió que las piernas se le aflojaban. Quedó rígida en el lugar mientras el marinero, con la mano posada en el puñal, se acercaba a través de la multitud y el ruido.

—¿Abby? —escuchó la voz del pastor Achilles detrás de ella—. Él es Horacio Chandler, el capitán de *Dama Voladora*.

Abby miró agradecida al pastor y le extendió la mano al capitán de saco azul.

—Hola, señor.

—Sucede que el capitán y su tripulación salen esta noche hacia Honolulu —dijo el pastor con una sonrisa—. Buenas noticias, ¿no?

El capitán Chandler se paró erguido, luciendo su saco con botones de bronce. Tenía la gorra bajo el brazo, por lo que se podía apreciar su cabello castaño oscuro con toques plateados a ambos lados. Extendió su mano derecha para saludarla.

—Siempre contento de poder ayudar a una doncella en apuros —dijo él, guiñando un ojo—. Pensé que tenías un compañero de viaje.

Abby clavó la mirada en el marinero de barba negra. Él se detuvo en seco, pero su mirada seguía fija en ella.

—Ah… sí, señor. Lucas está afuera. ¿Por qué no vamos a darle la buena noticia?

—Tú ve y hazlo, niña. Primero tengo que recoger a mi tripulación—el capitán Chandler se volvió a colocar la gorra y se marchó en medio de la multitud.

—Vamos, Abby —dijo el pastor Achilles tomándola del brazo y guiándola por el bar lleno de humo—, este no es lugar para una inocente como tú.

Al llegar a la acera de madera, Lucas se puso de pie.

—¿Qué sucede, Abby? Estás blanca como un fantasma.

—Nada —tragó en seco y nerviosa le echó un vistazo al mar.

Segundos más tarde se les unió el capitán, el que se presentó a Lucas mientras caminaban rumbo al puerto.

—Horacio, ¿dejarás la carga en Honolulu y seguirás hacia China como de costumbre? —le preguntó el pastor.

—Sí. Todavía tenemos algunas cosas de California para desembarcar en Honolulu, pero tenemos un cargamento lleno de madera de sándalo para los chinos. A ellos les encanta ese aroma. Puedo vender toda la madera allí y eso representará una gran ganancia—sus botas hacían mucho ruido sobre el piso de madera.

—Aquí estamos, niños, en el botecito del capitán —dijo el pastor Achilles, señalando el bote de casi cinco metros de largo que estaba amarrado al muelle.

Se despidió de Abby y de Lucas, diciendo con entusiasmo: «¡Buen viaje!»

Luego le dio un fuerte apretón de manos al capitán y le dijo:

—¡Gracias Horacio! «Cualquiera que dé a uno de estos pequeños un vaso de agua fría solamente, de cierto os digo que no perderá su recompensa».

De momento cambió el semblante del capitán Chandler.

—Lo único que pido es encontrarme con él —murmuró el capitán.

Después el capitán saludó a sus dos hombres, los cuales aguardaban en el bote y los presentó.

—El señor Job es mi primer oficial —inclinó la cabeza en dirección a un hombre de cabellos blancos vestido con el tradicional uniforme de marinero—. Hablen con él si necesitan algo.

El capitán tomó a Abby por la cintura y la bajó hasta donde estaba el señor Job.

—Ellos son Abigail y su amigo Lucas.

El señor Job tomó a Abby y la colocó en la movediza embarcación.

—Ahí estás, niña. ¿Nos acompañarás en nuestro viaje?

El capitán Chandler bajó al bote, haciendo que se moviera violentamente.

—Sí, ella y el muchacho estaban perdidos en un botecito. Irán con nosotros hasta Oahu donde están los padres de la niña —dijo, y se sentó en la proa.

Job le dijo a Lucas:

—Joven, desata la soga y tírala dentro y tírate tú también si quieres venir en el viaje.

A la luz de la luna Lucas cumplió la orden recibida. Le tiró la cuerda a Job y dio un salto a la parte trasera del bote.

—¿En cuánto tiempo partiremos? —preguntó Lucas.

El capitán sacó el reloj de bolsillo y consultó la hora.

—En menos de tres horas, muchacho.

Mientras el señor Job tomaba los remos, Abby se sentó rígida en el asiento de madera, escuchando el sonido de los remos que se sumergían en el oscuro océano. Estaba doblemente feliz de dejar Lahaina y la bestia de cabellos oscuros que se le había acercado. En un intento por calmar sus sentimientos miró hacia la bahía.

—¿Ese es su barco, capitán? —le preguntó Abby, señalando una embarcación de tres mástiles que se reflejaban como plata bajo la luz de la luna.

—Es esa. Nunca he conocido una mujer mejor que ella —el capitán se dio vuelta y le guiñó un ojo a Abby.

Abby le sonrió al capitán pero su sonrisa se desvaneció al pensar en lo que había sucedido por la tarde. Estaba aturdida. En todos los aspectos, ahora todo *se veía* correcto. Finalmente, estaban en camino a un encuentro agradable con Ma y Pa. Debía estar contenta, sin embargo, se sentía más y más perturbada, como si hubiera algún problema oculto en la oscuridad… como si estuviera nadando en el mar negro y hubiera tiburones al acecho.

Capítulo trece

Cuando el botecito llegó junto al bergantín, en las picadas aguas, un marinero bajó una escalera de sogas. Era difícil ponerse de pie y caminar hacia la escalera de soga y era aún más difícil para Abby trepar por la escalera con ese movimiento. Lucas subió primero y se inclinó para tomar la mano de Abby.

—Aquí estamos —dijo el señor Job tan pronto subió—. ¿Por qué ustedes dos no se sientan en la proa y esperan allí? Prepararemos el bote; tenemos que mantenerlos fuera de peligro.

Abby y Lucas se recostaron contra el casco de proa mientras observaban al bote hacer otro viaje al muelle para recoger a los marineros. Desde la bahía, Lahaina lucía serena con sus destellantes luces reflejándose en el agua, pero todavía se escuchaban los ruidos de los disturbios de los marineros en la orilla.

—Es mucho más lindo viajar al descubierto que bajo una lona —dijo Lucas.

Abby asintió con la cabeza. Ya estaba cansada debido al día tan y tan largo.

Recostados contra el casco y apoyándose uno en el otro, se quedaron dormidos, acunados por el movimiento del mar.

Abby pateó violentamente. El tiburón le había pasado muy cerca, mirándola con sus pequeños ojos brillantes mientras que abría y cerraba su quijada como para saborear el aroma que emanaba de ella. Abby no lo pudo ver, no supo dónde estaba hasta que su áspera piel rozó su pierna al acercase para comer un bocado…

—¡Ah! —se sacudió cuando la piel dura como papel de lija rozó su pierna nuevamente.

—¡Abby!

Lucas la despertó, pero a Abby le llevó tiempo darse cuenta que estaba soñando. Notó que el barco se mecía, vio estrellas lejanas detrás de la cabeza de Lucas y escuchó el ruido de los aparejos mientras los marineros tiraban de las sogas para virar. Se frotó los ojos y miró hacia el este. ¡Lahaina ya no estaba ahí!

—Lucas, nos estamos moviendo.

Él le sonrió y señaló para arriba. Efectivamente, las velas estaban desplegadas, se veían pálidas a la luz de la luna.

—Desperté justo cuando zarpábamos —dijo Lucas—, pero pensé dejarte dormir. Parece que tenías una pesadilla. ¿Soñabas con mi tía Dagmar?

Sus dientes brillaban como blancas perlas.

—Nada de eso —respondió Abby, aunque de repente, algo parecido al papel de lija rozó su pierna y la hizo saltar.

Lucas se estiró hacia ella y retiró la soga hacia un costado. Abby suspiró aliviada al notar que había sido el contacto con la soga lo que la hizo soñar con tiburones que la rozaban.

—Supongo que todo es bueno si termina bien —dijo.

Sus preocupaciones habían sido absurdas. Pronto llegaría a Oahu y se encontraría con Ma, Pa y Sara.

—*Dios, estoy tan agradecida…*

El ruido de los marineros trabajando en el barco y el sonido del agua golpeando contra el casco tranquilizaron a Abby del terror del sueño que había tenido, mientras se arreglaba el vestido se ataba el cabello para que no se le siguiera metiendo en la cara. La voz del capitán Chandler se oyó por encima de todo lo demás.

—Alce la vela foque, señor Chacal.

—Sí, mi capitán.

Abby se quedó inmóvil. Quedó boquiabierta, en silencio. Lucas, con señales de preocupación en el rostro, le retiró un mechón de cabello de la cara.

—¿Qué pasa Ab?

—Esa voz —murmuró Abby—. Es el marinero del pueblo.

Lucas miró al marinero que respondió al capitán. ¡Venía en dirección a ellos!

El fornido hombre se agachó para soltar del listón la soga de la vela. Por un momento Lucas no pudo distinguir si se trataba de Chacal o no, pero al ponerse nuevamente de pie, no pudo confundir su barba negra y el cruel rostro con el que se encontró.

—¡Fuera de mi camino, niño! —gritó al tomar la soga para estirar la vela.

Lucas vio que Abby se ponía de pie rápidamente. Cuando Chacal ató la soga comenzó a enrollar el resto en una espiral. Fue entonces cuando vio a Abby. Abrió la boca y juntó las cejas, formando una línea amenazante.

—¿Qué? —gritó enfadado— ¡Caramba! ¿Qué hace a bordo una niña?

A Abby le latía fuerte el corazón, estaba asustada, pero mantuvo sus pies firmes en cubierta y respiró profundo.

—Viajamos hacia Oahu con el capitán Chandler —dijo ella avergonzada al oír que le temblaba la voz.

—Así es —dijo el capitán Chandler, quien se acercó por detrás de Chacal—. ¿Tiene algún problema con mi decisión, marinero?

Chacal le clavó a Abby una mirada cargada de odio.

—¡Todos saben que una niña a bordo trae mala suerte! Por alguna razón los marineros no quieren que haya mujeres a bordo.

Con sus brazos el capitán rodeó a Abby por los hombros.

—Es mi invitada y será tratada como tal. ¿Está claro eso señor Chacal? —en su voz se notaba la amenaza de la disciplina.

—Sí, sí, claro —Chacal miró ceñudamente a Abby antes de dejar caer el rollo de soga a sus pies y se marchó apresuradamente—. Has traído mala suerte al barco —dijo mientras se retiraba.

Abby pudo oír el murmullo de las quejas de los hombres que se hallaban cerca. ¿Estaban de acuerdo con Chacal o enojados por su comportamiento?

—Abby, tú y Lucas me acompañarán a cenar antes de irse a dormir. Vengan a mi camarote —dijo el capitán.

Los guió por la escotilla, bajo cubierta, ordenándole al cocinero que sirviera la cena en su camarote. Al ir hacia la popa del barco, se cruzaron con dos marineros que iban musitando algo por el pasillo. Los dos marineros dejaron de hablar cuando el capitán se les acercó. La preocupación de Abby aumentó.

Al llegar al camarote, el capitán le ofreció una silla a Abby para que se sentara a la pequeña mesa. Ella agradecía estar fuera del alcance de las miradas de los marineros. Miró a su alrededor y se sorprendió de lo hermoso que era el camarote del capitán. Tenía una hilera de anchas ventanas en la parte trasera del barco, por las cuales Abby pudo ver las estrellas.

La litera del capitán estaba fija a la pared y cubierta por una manta con un diseño de anillos de boda. Sobre la litera había dos cuadros: uno de una bella mujer de ojos y cabellos oscuros, y otro de un niño con traje de marinero de cuello ancho y pantalones a las rodillas. Al ver a Abby observando los cuadros el capitán le dio una explicación.

123

—Ella es mi esposa, Isobel, y él es nuestro hijo, David. Él vino al mar conmigo, pero lo perdimos el año pasado.

Se hizo silencio en el camarote. Lucas carraspeó, mostrando asombro en su rostro al igual que el capitán.

—Lamento su pérdida, señor.

—Capitán Chandler, Lucas también perdió a su familia por causa del cólera —dijo Abby.

—Lo siento, hijo —el capitán se puso de pie y caminó de un lado a otro—. La pérdida de seres queridos es una gran cruz con la que hay que cargar —se aclaró la garganta, como intentando tragar un sentimiento—. Al verlos a ustedes dos en Lahaina supe que debía ayudarlos a llegar a su casa. No puedo ofrecer mejor regalo que el de devolverle un hijo a un padre que sufre por creerlo muerto.

Hizo una pausa, luego siguió caminando en el lugar con las manos detrás de la espalda.

—Lamento las palabras del señor Chacal. Me ha traído preocupaciones desde que lo alisté en Brasil para reemplazar a mi hijo. Necesitábamos gente y tuve que tomar al que se presentara. Admito que este año no me he encargado de mi tripulación como de costumbre. Mi pérdida y mi preocupación por Isobel me mantienen ocupado, pero ahora siento una penumbra que va en aumento… —el capitán se detuvo como si dudara contar más—, de todos modos pienso remediar la situación en breve.

En ese preciso momento entró el cocinero trayendo una bandeja de plata llena de platos. Al sentir el aroma de la deliciosa comida, Abby y Lucas no perdieron tiempo alguno en acompañar al capitán a cenar. La cena estaba compuesta de cerdo asado, papas, frutas cortadas y pan dulce. Terminado el banquete, el capitán tomó café y contó historias de sus viajes por las costas de Sudamérica. En medio de las historias entró el cocinero para llevarse los platos, los cuales apiló en la bandeja de plata y luego se retiró del camarote. Al cerrar la puerta hubo un fuerte ruido en el pasillo que hizo que el capitán se pusiera de pie.

Fue apresuradamente hacia la puerta y observó el oscuro pasillo. Luego, mientras Abby y Lucas lo contemplaban, el capitán se echó hacia atrás con las manos en la cabeza y un rostro enfurecido.

—Señor Chacal, ¿qué es esto?

Chacal soltó una carcajada que a Abby le dio escalofrío por la espalda. Entró al camarote, apuntando una pistola al corazón del capitán.

—Ahora no es tan superior ni poderoso, capitán, ¿no es así?

Se rió nuevamente, mostrando sus dientes picados y sus ojos negros y vidriosos que a Abby le recordaron el tiburón de su pesadilla que la miraba con malicia.

—De pie, inútiles. Acompañen al capitán a cubierta donde haré un anuncio.

Apuntó el arma a Abby y a Lucas por un momento, luego de nuevo al capitán. Se pusieron en fila y salieron hacia la cubierta por la escotilla. Al llegar, los marineros en cubierta se unieron a ellos.

—¿Y ahora qué sucede con ustedes? —preguntó el señor Job notablemente perturbado.

—Señor Job, si alguno de ustedes quiere quejarse junto al capitán, puede hacerlo. ¡En el fondo del mar hay mucho espacio para ustedes también!

Después, Chacal inclinó la cabeza hacia atrás y rió estrepitosamente, apuntando su barba al cielo. Se le unieron seis marineros. Abby notó que estaban al tanto de su tortuoso plan.

—Tomaremos el barco, capitán. Tenemos nuestros planes. Primero iremos a China a vender el botín. ¡Luego regresaremos por un tesoro enterrado!

Hubo murmullos de los otros catorce hombres que no estaban al tanto del motín.

—Todo el que no quiera unirse a nosotros puede acompañar al capitán al fondo del mar. Bien, ¿quién está con nosotros? —gritó, agitando la pistola.

El señor Job se acercó. Le llegaba a la altura de los hombros a Chacal, pero se estiró a su misma altura, su cabello blanco relumbraba bajo la luz de la luna.

—¿Cómo sabemos que tienes un tesoro? —le preguntó.

—Toma esto, Spandler —dijo Chacal al tiempo que le entregaba la pistola a un marinero con un arete de plata. Luego sacó un rollo de cuero de su camisa—. Aquí está, compañeros. ¡El mapa para hacernos ricos!

Los seis hombres que participaban del motín giraron. Los otros miraron, unos confundidos y otros, ante la posibilidad de encontrar un tesoro fácil, comenzaron a frotarse las manos. El señor Job miró consternado, pero se mantuvo en silencio.

¡Están ebrios de codicia!, pensó Abby horrorizada. *Pobre capitán Chandler.*

De nuevo Chacal guardó el mapa dentro de su camisa.

—Entonces está decidido. Hay mayoría de votos, capitán.

Abby gimió y se tapó la boca con una mano temblorosa. ¡Si obligaban al capitán a lanzarse al mar, ella y Lucas quedarían a merced de este loco!

Chacal miró a Abby apretándole fuerte la cola de caballo.

—No te preocupes, pequeña carnada de tiburón, el capitán no te dejará. ¡Lo acompañarán al fondo del mar!

Abby se sintió como si le dieran un puñetazo en el estómago; no podía recobrar el aliento.

—Muchacho —dijo Chacal refiriéndose a Lucas—, si quieres vivir puedes unirte a nosotros y aprender un oficio que te hará rico.

Lucas puso sus puños frente a Chacal.

—¿Por qué no te enfrentas a alguno de tu tamaño, pirata peludo?

Chacal se irguió y luego le dio una trompada en la boca a Lucas haciéndolo rodar por la cubierta.

—¡Lucas!

Abby corrió hacia él, acurrucando en su falda la cabeza inconsciente. Le brotaba sangre del labio partido. Abby, temblando de furia; miró a Chacal.

—¡Tú… tiburón… tú… sabandija! ¡Bestia!

—¡Tírenlos del barco! —gritó Chacal enfurecido—. Esta chiquilla traerá mala suerte a nuestros planes.

Varios marineros comenzaron a caminar hacia ella. Cuando uno de ellos la tomó del brazo separándola de Lucas, Abby gritó aterrorizada.

Lucas volvió en sí, pero no podía moverse de inmediato. Abby, arrastrada hacia la baranda, miró el agua, dándose cuenta que su peor pesadilla se hacía realidad. En un segundo estaría nadando en el mar con los tiburones… tiburones que venían desde abajo, con piel de papel de lija y dientes afilados.

Capítulo catorce

¡Aguarden! —gritó el señor Job—. ¿Qué sentido tiene alimentar los peces cuando por buen dinero en China podemos vender a la niña, al muchacho y al capitán? ¡Ya saben que allí les gusta comprar esclavos blancos!

Por un momento nadie habló, entonces la mayoría de los marineros asintieron con la cabeza, murmurando estar de acuerdo. El señor Job pareció notar que todos estaban de acuerdo y habló enseguida.

—¿Por qué dejar que la superstición opaque nuestro razonamiento, muchachos? ¿Por qué dejar pasar un buen dinero, especialmente cuando nos pueden servir durante todo el viaje hasta allá?

Chacal se frotó la sucia barba mientras pensaba y miraba a la tripulación. Abby notó que la tripulación no quería matar al capitán Chandler, lo único que querían era hacerse ricos. La mayoría estuvo de acuerdo con el señor Job. Abby se dio cuenta que Chacal no quería forzar demasiado a la tripulación.

—Así se piensa, Job. Así es, tiene sentido. Con esta magnífica tripulación, ¿qué mala suerte debemos temer? Que así sea. Nos sirven como esclavos…

—su voz retumbó— ¡Para practicar, enciérrenlos abajo!

Luego mostró mayor seriedad.

—Turner, tome las armas del camarote del capitán y tráigamelas. Luego traiga el ron. ¡Doble ración para cada hombre, así comenzaremos el viaje como corresponde!

Se escucharon más gritos de aprobación mientras el señor Job llevaba al capitán y a los chicos bajo cubierta. Abby sentía que el pulso le latía en sus orejas. El malvado hombre, ese Judas que traicionó al capitán, había golpeado a Lucas. Abby estaba consciente de haber escapado de la muerte mientras ayudaba a Lucas a ir al camarote y temblaba debido a la emoción vivida.

Al llegar al camarote, Turner tomó la llave del capitán y abrió el gabinete de armas. Cargó doce fusiles en brazos de otros dos marineros y él mismo se llevó cuatro. Luego le dio la llave a Job.

—Enciérrelos —dijo al retirarse.

Job habló en voz baja. —Capitán, no puedo enfrentarme con toda la tripulación, pero haré lo que pueda por usted.

El capitán puso su mano sobre el brazo del señor Job.

—Le estoy agradecido por nuestras vidas, señor Job. Si no fuera por usted… —el capitán movió la cabeza angustiado—. Señor Job, le pido un favor más.

—Sí señor, lo que sea.

—Al finalizar cada día, después del trabajo de los chicos, vea si puede convencer a Chacal de dejarlos dormir conmigo. Nos podemos apoyar entre nosotros, pero además… no quiero que los lastimen los marineros borrachos —los ojos del capitán traspasaron al señor Job.

—Sí, señor, entiendo lo que dice. Haré lo que pueda.

—Si lo hace, señor Job, no me olvidaré de usted.

A Abby le pareció que habían hecho un pacto mudo. Por primera vez esa noche sintió una luz de esperanza en su interior.

Ante tal maldad, la amistad haría una gran diferencia. Abby se sintió consolada cuando el señor Job cerró la puerta con llave luego de haberse retirado. Por lo menos no estaba cerca de Chacal, un hombre cuya madre, pensó Abby, le había dado el nombre correcto. Abby sabía que los chacales eran perros salvajes que atacaban a su presa de noche.

El capitán Chandler tomó la hermosa manta de su cama y la puso en el suelo.

—Abby, esta noche la manta hará de cama. Lucas, puedes dormir en aquel rincón.

—Gracias, señor —dijo Lucas mientras se acomodaba sobre otra frazada.

Abby tomó una pequeña toalla y mojó una punta, usando agua de la jarra.

—Aquí tienes, Lucas. Ponte esto en el labio hinchado —Abby le acercó la toalla a Lucas.

Lucas hizo una mueca de dolor y luego sonrió de manera triste.

—Eres un joven valiente —le dijo el capitán—. Me recuerdas a David, mi hijo—. Una vez más comenzó a ir y venir por el camarote con las manos en la espalda.

—Lo juro —dijo, mirando a Lucas fijamente—, con la ayuda de Dios los sacaré del barco y los pondré lejos de Chacal. ¡Ese animal ha podrido toda mi tripulación con la fiebre del oro! Por ahora debemos descansar para estar listos para lo que el día de mañana nos tenga deparado.

El capitán se arrodilló delante de su litera y los niños hicieron lo mismo.

—*Padre celestial* —comenzó diciendo— *quédate con nosotros en estos momentos de necesidad. Protégenos de todo mal. Ordena a tus ángeles que nos guarden en nuestros caminos. Toca los corazones de mi tripulación para que vuelvan al camino recto y verdadero* —el capitán hizo una pausa y suspiró—. *Señor, bendice a Isobel con tu bienestar mientras estamos separados. Sostén a los padres de Abby con tu fuerza hasta que ella pueda reunirse nuevamente con ellos. Dale fuerza a Lucas y bendícelo por su valor. En el nombre de Jesús. Amén.*

El capitán se puso de pie y apagó la lámpara de aceite, dejando el camarote a oscuras. Abby miró por la gran ventana en busca de la luz de las estrellas. De alguna manera le daba tranquilidad ver las antiguas estrellas, todavía brillando como puntos de esperanza. Las mismas estrellas que Ma podía estar mirando en ese mismo momento. Se acomodó en la manta.

Oh, Pa, pensó, *estamos en un lío... y no puedes ayudarme.*

Esas palabras le cayeron a Abby como una nitidez inmediata. Cuando se perdieron en el botecito, Dios aplacó la tormenta hasta acallarla. ¡Ahora también los ayudaría!

Oh, Dios, no sé como pudimos meternos en este lío. ¡Esto es peor que estar perdidos en el mar! Sin embargo, tú nos rescataste en ese momento. Por favor, rescátanos ahora. ¡No permitas que nos vendan a Lucas y a mí como esclavos!

Se alegraba de que nadie viera las lágrimas rodando por sus mejillas. Entonces vino una Presencia, una Paz que le habló a la mente.

SÉ FUERTE Y VALIENTE PORQUE YO ESTOY CONTIGO. NO LOS DEJÉ HUÉRFANOS. YO ESTOY CON USTEDES PARA PROTEGERLOS Y CUIDARLOS COMO A LAS ANTIGUAS ESTRELLAS.

¿Pero cómo pudiste dejarnos caer en manos de Chacal? ¡Es tan malvado!

NO TEMAN. YO ESTOY CON USTEDES. YO SÉ LOS PLANES QUE TENGO PARA USTEDES, LES DARÉ UN FUTURO Y UNA ESPERANZA.

Su presencia la rodeó, y ella creyó, no porque Ma y Pa lo hiciesen, sino porque Él era verdadero. Por primera vez en su vida Abby se dio cuenta de lo mucho que amaba a Dios. Lágrimas de gratitud colmaron sus ojos.

¡Él cuida de mí!

Había escuchado Su voz, y eso hacía una gran diferencia. *Supongo que eso es fe; cuando uno cree lo que Él dice.*

Cerró los ojos y un apacible sueño se apoderó de ella.

El sonido de una llave girando en la cerradura le taladró la mente. Se abrió la puerta, dejando ver al señor Job con un farol, al mismo tiempo que sonaron cuatro campanas marcando la tercera media hora de la vigilia matinal.

—Son las cinco y media, niños —dijo el señor Job—. Hora de levantarse.

El capitán, que también durmió vestido y ya se encontraba despierto, se inclinó y movió levemente a Abby.

—Despierta, niña, y ora para que Dios te proteja hoy.

Abby se puso de pie. Por la ventana pudo ver una leve insinuación de luz en el horizonte. Lucas también se puso de pie, con su labio todavía hinchado y ahora morado.

—¿Hora de desayunar? —le preguntó al señor Job.

—Hora de limpiar la cubierta, muchacho. Si tienes suerte, el mismo diablo te dejará comer algo.

El señor Job estaba sacando a los chicos del camarote cuando el capitán Chandler lo detuvo.

—Señor Job, aguarde un minuto.

Colocó una mano en el hombro de Abby y otra en el de Lucas mientras dijo una oración.

—Oh, Señor misericordioso, acompaña a tus hijos en este día y protégelos del mal.

El señor Job frunció el ceño.

—Apresúrense. Chacal está durmiendo como consecuencia del ron, pero me dejó instrucciones.

—¿Lo convenciste para que los chicos se queden conmigo? —le preguntó el capitán.

El señor Job levantó el farol que se movía, iluminando su cara con una luz rara.

—Sí, pero quién sabe por cuanto tiempo. Esta noche pueden quedarse en su camarote. Los hombres decidieron esto por votación porque usted siempre los trató bien.

En el momento en que Job dejaba el farol en el suelo del pasillo para cerrar de nuevo la puerta con llave, Abby oró en silencio por su protección.

¡Señor, no dejes que nos vendan como esclavos! Ma y Pa no me volverán a ver. Pensó en lo que sería no volver a verlos nunca más, no ver crecer a la pequeña Sara. Contuvo el aliento. *Esto es lo que enfrenta Lucas. Nunca verá a su Ma y a su Pa en la tierra… Oh, Dios, por favor, no dejes que eso pase conmigo. ¡Devuélvenos nuestras vidas!*

No hubo una voz de respuesta. Abby trepó a cubierta; los rayos del sol ya aparecían en el horizonte, y recordó la palabra de Dios, remontándose miles de años atrás a los días del Antiguo Testamento:

«YO ESTOY CONTIGO, Y TE GUARDARÉ POR DONDEQUIERA QUE FUERES».

Ella estaba muy, pero muy contenta de que todos los días su mamá le leyera la Biblia en voz alta.

La luz del amanecer vino y se fue y Abby y Lucas trabajaron sin comer. Abby supuso que habían trabajado por lo menos durante tres horas desde que se despertaron. Su estómago hacía fuertes ruidos. Limpiaron toda la cubierta y lustraron el cobre. Le pasaron betún a los obenques fuera de alcance y Lucas se trepó para trabajar en los cabos superiores. Ahora, cansada, Abby estaba tendida en el casco con las piernas temblorosas a causa de la fatiga. Tenía miedo de descansar, pero tenía que hacerlo.

Se levantó bruscamente al escuchar pasos detrás de ella. Era el señor Job.

—Abby, tú y Lucas pueden ir a comer algo. Mejor que vayan rápido, antes que alguien les dé más trabajo. No tuvo que decirle nada a Lucas, quien acababa de escuchar esto y ya iba bajando por las sogas como un mono.

Sus pies descalzos tocaron cubierta.

—Vamos, Ab. Tú necesitas un descanso y mi estómago está vacío como un oso el primer día de primavera.

Llegaron a la cocina y el cocinero les dio dos recipientes con avena fría que pusieron sobre una mesa de madera empotrada a la pared. Del techo bajo colgaba una lámpara con aceite de ballena que se mecía levemente por el movimiento del barco. En un entrepaño de la pared había una pequeña lata que sostenía el salero y un pimentero largo de madera, el más alto que jamás Abby hubiera visto. Tal vez fuese de una tierra lejana, como la India, de donde provenían muchos condimentos. Aparentemente, estaba allí para la cena de los marineros, pero el desayuno consistía de cereales y Abby notó que también habían cocinado algún tipo de insecto.

Durante un largo rato miró el tazón de madera con bananas y papayas. Con cuidado tomó una papaya y la sostuvo frente a su nariz, oliéndola. Tenía ganas de darle un gran mordisco, pero tuvo miedo de preguntarle al cocinero; quizás él era amigo de Chacal.

—¡Lucas —dijo Abby en voz baja—, hay insectos en el cereal!

—Tienes que comer, Ab. No sabemos cuándo tendremos oportunidad de escapar. Necesitarás todas tus fuerzas cuando llegue el momento.

Estaba demasiado cansada como para seguir hablando. Los chicos comieron, dejando los insectos, y luego recostaron sus cabezas en la mesa para descansar. A los pocos minutos sonaron las campanas del barco. Abby levantó la cabeza.

—Lucas, apenas son las diez de la mañana y ya estoy agotada.

Lucas, cansado, se frotó la cara.

—Ve despacio, Ab. Conserva tu energía.

—Lo intentaré —dijo ella, mordiéndose el labio inferior.

¿Cómo nos hemos metido en este horrible lío?, pensó Abby.

Habían escapado de ahogarse en el mar para caer en medio de un motín. ¡Y ahora iban camino a ser vendidos como esclavos en la China!

El cocinero los miró, entrecerrando los ojos.

—¿De qué hablan ustedes dos? —preguntó con un tono un tanto enojado.

Lucas se sentó erguido.

—Nada, señor.

El cocinero se limpió las manos grasientas en el delantal sucio y tomó dos cuchillos largos. Miró a los muchachos mientras comenzaba a frotar los cuchillos entre sí para afilarlos. Caminó hacia Abby, haciendo sonar los cuchillos, mientras sus filos brillaban bajo la luz de la lámpara.

De repente, miró por encima de ellos. Abby abrió desmesuradamente los ojos cuando el cuchillo cayó como guillotina y cortó la papaya con un fuerte sonido, haciendo que las mitades de papaya rodaran por la mesa. Pequeñas semillas negras se desparramaron sobre la mesa de madera. Mientras sacaba el cuchillo de la mesa, el cocinero se rió por la conmoción de Abby.

—Coman papaya —dijo él, mirando a Abby con sus ojos negros—. Evita el escorbuto.

Volvió a la olla que hervía y comenzó a picar cebollas para el guiso.

Abby estaba asombrada. Lucas tenía las cejas arqueadas al inclinarse hacia delante.

—Él y tía Dagmar harían una pareja perfecta.

Abby sonrió.

Lucas se puso de pie, levantó los platos y los dejó a un costado de la olla, para lavarlos.

—Gracias por la comida —dijo Lucas—. Terminaremos de comer la fruta en cubierta.

Los dos salieron rápidamente de la cocina y respiraron profundo al encontrarse con el aire fresco y la luz de sol. Durante unos pocos minutos volvieron a ser niños, escupiendo semillas de papaya al mar.

—Chacal quiere la baranda lustrada de nuevo —dijo el señor Job al acercarse por detrás de ellos—. Abby, cuando estés lista, debes llevarle la comida al capitán. Te abriré la puerta cuando llegue el momento.

—Sí, señor.

Mientras ella y Lucas tomaban los paños para comenzar el trabajo siguiente, su corazón se iluminó al pensar que pronto vería al capitán Chandler.

¡Quizás haya pensado en un plan para dejarnos en libertad!

Capítulo quince

El señor Job abrió la puerta del camarote del capitán y Abby lo vio parado con la cabeza baja delante de las ventanas.

—Trajimos su almuerzo, señor —dijo Abby, esperando sacarlo de su tristeza.

Él se les acercó y los botones de bronce reflejaron la luz que entraba de la popa, pero sus ojos estaban apagados.

El capitán necesita que lo animen, pensó Abby. *¿Por qué no? Sus hombres lo traicionaron por oro… al igual que Judas traicionó a Jesús por treinta monedas de plata. ¡Pobre hombre!*

—El cocinero le envía frutas frescas, capitán, y también guiso y pan —el señor Job parecía estar incómodo por la cara de tristeza del capitán Chandler. Se dirigió a la puerta.

—Gracias, señor Job. ¿Atracará el barco en Honolulu esta noche?

El señor Job hizo una mueca.

—No, señor. Chacal dijo que el barco vendería toda la carga en China.

—¿Supongo que incluye a los niños y a mí?

El señor Job colocó una mano en el picaporte con su mirada baja. Dijo en voz muy baja:

—Sí, señor, sigue con sus planes. Señor, si me da su palabra de caballero, dejaré la puerta sin llave durante un momento para que pueda estar un rato con la niña.

Abby reconoció que esto era un regalo, una manera de amortiguar el golpe. Se retiró y cerró la puerta, pero no hubo cerrojo.

—Él se siente mal por lo que sucede, capitán.

—Tienes razón, Abby. El señor Job se ha portado bien durante siete años —hizo una pausa, mientras se pasaba la mano por su grueso cabello—, no puedo creer que la situación haya llegado a esto. A estos hombres se les debe dar unos latigazos… o ahorcarlos.

Abby puso la bandeja en la mesa.

—Quizás deba comer algo, capitán.

Él asintió con la cabeza.

—Siéntate conmigo.

Abby asintió con una sonrisa y el capitán rió en voz alta.

—Ahí tienes, me cambiaste el humor —comenzó a comer con entusiasmo.

—¿Capitán, ha encontrado el modo de liberarnos?

El capitán suspiró y dejó el pan.

—He orado toda la mañana, niña. Por el momento no veo la manera de vencer a tantos hombres… ni siquiera a algunos para apoderarnos de las armas. Peor aún, aunque tomemos las armas, no sé dónde guardan la pólvora ni las municiones.

Abby, pensativa, se sentó frente a la gran ventana tocándose el labio inferior.

—¿Y si no necesitáramos las armas? ¿Si nos escapamos sin que nadie nos vea?

—¿Quieres decir saltar al medio del mar?

—No… Lucas y yo estuvimos perdidos en un botecito, pero llegamos a la costa. ¿Si bajamos el bote salvavidas y nos vamos navegando en él?

El capitán miró a Abby con sus ojos marrones.

—¿Quieres decir que nos escapemos cuando nadie nos vea? —le preguntó.

—¡Exacto! Lo podemos hacer esta noche.

El capitán tocó su mentón. Habló más para sí mismo que para Abby.

—Definitivamente lo tendríamos que hacer esta noche. Pasaremos cerca de Oahu alrededor de medianoche, después de eso será un largo camino a tierra firme.

—¡Entonces será esta noche! —Abby se puso de pie efusivamente y se dirigió hacia la ventana—. Capitán, ¿estas ventanas se abren?

El capitán estaba pensativo.

—¿Qué?

—Estas ventanas, ¿se abren?

—Solo una, muchacha. La pequeña en el costado, para que entre aire. ¿Por qué preguntas?

Abby movió la traba de la ventana.

—Esta noche tenemos que llegar a cubierta para que usted y Lucas puedan bajar el bote.

De repente se abrió la puerta. Abby se quedó quieta como un ratón con la mano puesta en el cerrojo.

—¿Qué haces? —le preguntó Lucas al entrar.

—¡Lucas, me asustaste! —Abby siguió estudiando el cerrojo.

—¿Capitán, qué está tramando Abby? —preguntó Lucas mientras se acercaba a ella para inspeccionar la ventana.

El capitán también se acercó.

—Esta belleza de ojos azules tiene un plan, muchacho, un plan para liberarnos.

Ambos chicos miraron al capitán mientras él, hábilmente, levantaba el cerrojo y abría la ventana. Soplaba el fresco viento proveniente de Hawai, trayéndole a Abby el aroma del mar y de la libertad. Sonrió y le dio a Lucas un codazo en el estómago.

—Funcionará, Lucas. Estoy segura de eso.

—Abigail —dijo el capitán— si tu esperanza fuera un resfrío, yo estaría estornudando. Quién sabe, pero con la ayuda del Todopoderoso quizás funcione —le despeinó el grueso cabello y la abrazó.

—Gracias, niña —murmuró.

El capitán se dirigió a Lucas para darle instrucciones.

—Esta noche ustedes dos vendrán aquí lo más rápido posible. Creo que estaremos pasando por la isla a medianoche. Sería de ayuda que ustedes se mantuvieran atentos a cualquier charla entre los hombres. Necesitamos información.

—Sí señor. Seremos sus ojos y oídos en cubierta.

—Lucas, algún día serás un buen marinero. Por ahora, será mejor que te vayas y que nadie sepa que estamos aquí haciendo planes.

—Regresemos a la galera de la esclavitud —dijo Abby en broma.

Al dirigirse hacia la puerta, el capitán los miró con seriedad.

—Una advertencia, manténgase alejados de Chacal.

La sonrisa de Abby se esfumó. Era un buen consejo, un consejo que deseaba obedecer. Pero, ¿cómo mantenerse alejada de una bestia si estaba presa en su reino flotante?

El día continuó. Limpiaron la campana y el timón del barco. Pulieron el sextante y otros instrumentos de bronce. Pelaron las papas para la cena de la noche y al caer el sol, volvieron a fregar la cubierta. Por último, enviaron a Lucas y a Abby al camarote del capitán con un pan seco y una aguada sopa de papas.

El capitán inclinó la cabeza para dar gracias a Dios, a pesar de la poco apetitosa cena. Luego de cenar ordenó a Abby que descansase.

—Necesitarás fuerzas esta noche, así que intenta dormir.

Tal parecía que Abby acababa de colocar la cabeza en la almohada cuando se abrió la puerta y

Spandler, la mano derecha de Chacal, se paró frente
a ella, oliendo a ron y a sudor.

—Levántate, niña. El capitán quiere que tú y tu
amigo regresen a su puesto de trabajo —al hablar
salpicó con su saliva a Abby. Ella se sentó—. Tienen
que atenderlo en la cocina.

La iluminó con el farol y se marchó apresuradamente. Lucas se levantó de su sitio, al lado de la ventana, donde había estado conversando con el
capitán. Tenía los puños cerrados a los lados del
cuerpo.

—No te preocupes, Abby. Estaré contigo.

El capitán, con los nudillos blancos, tomó una silla. Al mirar por la ventana, Abby notó que él también estaba furioso; pero no con ella.

Abby echó un vistazo por la ventana, pero no
para mirar las estrellas en el crepúsculo. En el vidrio
veía el reflejo de una jovencita de cabello rizado, atado en una trenza, con sus acostumbrados mechones sueltos en rizos cayéndole sobre la cara. Su
vestido azul, que al comenzar el viaje en California
le quedaba perfecto, ahora le quedaba suelto en la
cintura.

Estoy en peso para pelear, pensó Abby, sorprendida por su inesperado coraje. *Tengo a Dios de mi lado
y me ha hecho llegar hasta aquí.* Siguió mirando hasta que la niña en el vidrio se enderezó; hombros
atrás y mentón adelante.

—No te dejes vencer por el mal; al contrario,
vence el mal con el bien —dijo Abby.

De repente, el capitán Chandler saltó poniéndose de pie al oír las palabras de Abby. Esta, al ver su

reflejo en el vidrio, notó que desaparecía la expresión de enojo en él y ahora, en cambio, se notaba algo semejante a la admiración.

—Lucas —dijo el capitán mirándolos a ambos— Abby tiene razón. Trabajen mucho y confíen en Dios. No creo que Chacal los retendrá toda la noche, así que nos escaparemos tan pronto regresen.

Lucas frunció el ceño.

—¿Cómo pueden usted y Abby creer en algo que no se ve cuando tratamos con ese diablo?

El capitán apoyó su mano curtida sobre el hombro de Lucas.

—Muchacho, cuando tratas con el diablo, Dios es el único en quien puedes confiar.

Abby volvió a su litera y tomó sus botas. Las ató, miró a Lucas y dijo: «Vamos».

Abby y Lucas se dirigieron hacia la cocina donde Chacal los esperaba para que le sirviesen la cena. Al acercarse, escucharon cánticos; eran sonidos salvajes y alcoholizados.

¡Quince hombres en un barco de hombre muerto!
¡Ay, ay, ay, y una botella de ron!

Abby tragó con dificultad. Nunca había visto hombres comportarse de tal manera, no hasta que pasaron por Lahaina. Recordó la imagen de Chacal saliendo de la taberna y golpeando al marinero. Podía ver su musculatura marcada en la camisa, oler su sudor, y de nuevo sentir miedo al recordar sus palabras.

«¡Eso te ayudará a recordarme por la mañana!»

Y después aquel ruido sordo cuando su bota golpeó el estómago del hombre caído.

Abby y Lucas se detuvieron cerca de la cocina y escucharon la voz de Chacal.

—Si, y también venderemos seis de los hombres en China. ¡De ese modo habrá menos hombres con quien compartir el botín!

Lucas respiró pero Abby no se sorprendió de que Chacal estuviese dispuesto a traicionar a sus propios compañeros, ya que no tenía escrúpulos ni moral. El diablo era el padre de las mentiras y Chacal era su hijo. *No quiero enfrentarlos, Padre. Yo tengo miedo.*

NO TEMAS. YO ESTOY CONTIGO, Y TE GUARDARÉ POR DONDEQUIERA QUE FUERES.

¿También en la cocina?

AUNQUE VAYAS A LAS PROFUNDIDADES DEL MAR, TAMBIÉN ESTOY AHÍ.

¿Con hombres tan malvados?

ESPECIALMENTE CUANDO TE ENFRENTES A LAS TINIEBLAS; PORQUE LAS TINIEBLAS SON LUZ PARA MÍ.

Abby levantó la cabeza. Tenía miedo, pero confiaba en Dios. Se echó la trenza por encima del hombro y respiró profundo. Sintió paz al entrar a la cocina iluminada. De repente, dejaron de hablar.

Chacal miró a Abby con ojos brillantes como mármol negro en un marco de rojo. Los otros dos hombres, Spandler y el cocinero, se sentaron a la mesa junto a él y les sonrieron a los chicos, pero no amistosamente.

—Niña —ordenó Chacal— ¡tráeme la cena!

Abby notó que ya había bebido demasiado; borracho chapucero. La cocina entera olía a ron y a cuerpos sucios.

—Tú, muchacho —dijo Spandler—, ven conmigo y el cocinero al pantoque. Tenemos que subir las provisiones.

Abby notó que Lucas la miraba con preocupación. Supo que no valía la pena discutir. Era mejor hacer el trabajo y volver al camarote del capitán. Miró a Lucas y asintió con la cabeza y los dos hombres bajaron.

Abby, obedientemente, fue hacia el mostrador. Con un cucharón pasó sopa de una cacerola a un tazón y se la colocó con cuidado frente a Chacal. Él la miró con ferocidad.

—¡Ahora tráeme pan!

Cuando ella regresó con un pedazo grande de pan, él señaló la silla.

—Siéntate.

Abby obedeció, pero pensó «¿qué querrá este tipo?».

—No me gustas —dijo Chacal con la lengua un tanto enredada—, las niñas no deben estar a bordo de un barco. Dime de todos modos, ¿de dónde vienes?

—Lucas y yo nos caímos al agua durante una tormenta. Llegamos a la costa, pero a unos kilómetros al oeste de Lahaina.

A Chacal le tomó un tiempo registrar la historia, pero luego echó la cabeza hacia atrás y se le escapó una risa estrepitosa.

—¿Caíste de un barco para luego verte en medio de un motín? ¡Te lo dije, las niñas no deben navegar! —rió ruidosamente, salpicando la comida de la boca—. ¿Te gustaría ir de visita a China?

Abby se preguntaba por qué le hacía estas preguntas. No confiaba en él ni en sus intenciones.

—¡Dios está conmigo! —dijo abruptamente.

Chacal se paró de manera repentina, dejando caer la sopa y se estiró para tomar la muñeca de Abby.

—¡No me hables de Dios! Mi madre creyó en Él y se fue joven a la tumba. ¡No *hay* Dios!

Abby se sobresaltó cuando la fuerte mano de Chacal se cerró en su muñeca apretándola fuerte. Miró los ojos rojos de Chacal hasta que él bajó la mirada.

—Señor Chacal, lamento su pérdida. No puedo explicar el porqué de todas las angustias, pero sé que a Dios le importa.

Chacal se sonrojó al mirar a Abby. Por un momento Abby pensó que había hecho una conexión con él, pero luego sus ojos se endurecieron y la soltó tirándole la mano contra su cuerpo.

—Eres peligrosa, al igual que el capitán. Esta noche haré unos cambios. Tan pronto Spandler regrese haré que trasladen al capitán al pantoque —se puso de pie y dio la vuelta a la mesa en dirección a ella—. Mientras tanto pasarás tus noches amarrada aquí. Tu pequeño amigo las pasará amarrado allá arriba.

A Abby se le aceleró el corazón. ¡Si Chacal daba esa orden nunca podrían escapar! ¡Serían vendidos en la China y nunca vería de nuevo a Ma, Pa, y Sara!

Chacal caminó, tambaleando hacia un rincón de la cocina y tomó una soga enrollada que colgaba de la pared. Al acercarse a ella, Abby sintió pánico. Tenía que hacer algo. Cuando Chacal se agachó para atar la soga en la pata central de la mesa Abby ni siquiera lo pensó. Tomó el enorme pimentero y lo levantó sobre la cabeza.

¡PUM! El ruido sonó fuerte en sus oídos cuando el pimentero golpeó la cabeza de Chacal. El golpe lo atontó momentáneamente. Cayó boca abajo en la mesa sobre una pila de granos de pimienta negra, luego rodó hacia el banco.

A Abby casi se le salieron los ojos de las órbitas. ¡Sabía que si volvía en sí ella sería una carnada instantánea de tiburón!

¡Debo irme!, pensó. Se marchó apresuradamente hacia la puerta, pero se detuvo con un pensamiento que la aterrorizaba: *¿Y si lo maté?* Tragó saliva y se dio vuelta lentamente. Tenía que saber si estaba respirando. El pánico hizo que su corazón latiese furiosamente mientras regresaba a la mesa. No había señales de vida; solo se veía el cuello y la cabeza desde donde ella estaba. Tenía que acercarse.

Abby dio vuelta a la mesa y se detuvo a medio metro de él, pero aún no podía ver. Se agachó, apoyando una rodilla, mirando el movimiento de su pecho. Quedaba escondido detrás de la mesa. Pero no importaba. No había luz suficiente para ver si estaba respirando. No se animó a tocarlo para averiguarlo.

Abby acercó una silla hasta el farol, luego se subió para descolgarlo del gancho en el techo. Se apresuró de vuelta hasta donde estaba Chacal, colocó la luz del farol bajo la mesa donde pudiese iluminarle la panza y el pecho. Se arrodilló y espió por debajo de la mesa.

¡Está respirando!

Aliviada, tomó el farol pero justo cuando estaba por escapar, vio que algo sobresalía por la camisa de Chacal, algo de cuero.

¡El mapa del tesoro!, pensó.

El corazón de Abby comenzó a latir aún más rápido. Apenas podía respirar.

¿Lo tomo o no?

Su mano comenzó a estirarse para tomarlo, como si esta actuara por sí sola, y sus rodillas se acercaron a unos centímetros del hombre. Tocó el borde del plano de cuero, contuvo la respiración y comenzó a halar suavemente. No se movía. Tenía que correr el brazo de Chacal para liberarlo.

Al acercarse aún más, su cabello tocó las rodillas de Chacal. Cuidadosamente levantó su brazo y con dedos temblorosos tomó el plano. Justo cuando se disponía a retirarse, él dio un gemido. Ella no esperó para ver si se despertaba. Corrió hacia la puerta, guardando el mapa bajo su vestido.

Llegó corriendo hasta el camarote del capitán Chandler y abrió la puerta. Trató de tomar aire y cerró la puerta. El capitán se puso de pie abruptamente y se acercó, mirándola a los ojos. Lucas se unió a ellos.

—¿Abby, estás bien?

Abby vio preocupación en los rostros de ambos.

—Sí, estoy bien, pero es un buen momento para abandonar la compañía de Chacal, si entienden lo que quiero decir.

La cara colorada de Abby y sus ojos dilatados eran toda la explicación que el capitán necesitaba.

—Sí, según mis cálculos es casi la hora. Lucas, abramos la ventana y trepemos arriba.

Los dos se apresuraron a la ventana y la abrieron. El capitán sacó una soga de fibra de cáñamo de la parte de adentro de la silla. En un extremo había un lazo.

—Abby, salta hacia nosotros cuando te demos la señal. ¿Entiendes, niña?

—¡Sí!

¡Con o sin señal estaba más que lista para abandonar el barco! Si Chacal se despertaba, o si Spandler descubría que Chacal no estaba durmiendo…

El capitán Chandler trepó primero y se balanceó cuidadosamente en el borde de la ventana. Lucas ató un extremo de la soga al cerrojo de la silla, mientras que el capitán agarró el otro extremo. Asido a la ventana con la mano izquierda, balanceó la soga en el aire, formando un círculo de la manera en que Abby había visto a los vaqueros en California atrapar ganado usando lazos. No pudo ver dónde cayó el extremo del lazo. Lo intentó varias veces hasta que, al parecer, cayó en la cubierta donde él quería, ya que el capitán tomó la soga con ambas manos, y trepó usando una mano sobre la otra. Después lo siguió Lucas.

Sola en la habitación, Abby sintió que sus piernas comenzaban a temblar. Se asomó por la ventana y respiró el aire salado de mar.

Respira profundo, se dijo a sí misma, *esto terminará pronto.*

Respiró la fresca brisa, pero no pudo deshacerse de un presentimiento amenazador.

Capítulo dieciséis

Hacía cuatro o cinco minutos que Lucas y el capitán Chandler se habían ido cuando Abby escuchó un ruido en el techo. *¡Oh, por favor, no permitas que los descubran!* En su mente veía a los amotinados descubriéndolos y tirándolos al mar. Lo último que deseaba era quedarse en el barco sin Lucas.

Puso las manos en el marco de la ventana y se asomó afuera. Esperaba verlos arriba o bajando. En el momento que se echó hacia atrás, algo grande bajaba precisamente por donde ella había estado. *¡El bote!* Abby quiso estirarse para tomarlo, entrar en él y escapar. *Cualquier lugar es más seguro que este.* Sin embargo, el bote pasó demasiado rápido por su lado.

Vio cómo lo bajaban y al tocar el agua, hizo un leve ruido.

Abby contuvo el aliento. *¿Lo habrá escuchado alguien?* Hubo un momento de tensión. Al no sonar ninguna alarma, Abby suspiró aliviada.

El bote venía detrás del barco, tirado por la soga de la cual lo bajaron. Abby notó consternada que el botecito no permanecía justo detrás del barco, sino que se apartaba de él.

«¡Espero que ningún marinero de guardia lo vea!», dijo Abby en voz alta. Entonces urgió en silencio a Lucas y al capitán: *¡Apúrense, apúrense! ¡Bajen!*

Espió por la ventana hacia la oscuridad y se sorprendió al ver el resplandor de la camisa de color canela de Lucas. Él bajaba por la soga suspendida entre el barco y el bote auxiliar. Al llegar al bote trepó en él. Segundos más tarde Abby vio un triángulo blanco resplandecer en el aire. ¡Era la corbata del capitán!

Ella estaba sola en el barco con Chacal y el bote salvavidas había desaparecido; tragado por la oscuridad. Abby se agarró del marco de la ventana. *¿Qué debo hacer?*

De repente, escuchó una voz atemorizante que surgía de la noche. «¡Salta, Abby, salta!» Era Lucas, intentando ser imperativo con un murmullo. En ese mismo momento la soga que ataba el bote auxiliar al barco perdió tensión. El capitán Chandler había cortado la soga de remolque librándose de los marineros amotinados y dejando a Abby a merced de ellos.

Abby tragó saliva con dificultad y se trepó al marco de la ventana, sacando una pierna por la ventana abierta. Sabía que el capitán y Lucas la podían ver porque el farol estaba encendido en el camarote. Si Abby quería escapar del barco tenía que saltar al vacío; a las temibles aguas oscuras como en sus sueños, donde aguardaban cosas ocultas que esperaban subir de las profundidades para agarrarla.

Abby se aferró al marco de la ventana y pasó la otra pierna. Ahora todo su peso descansaba sobre el marco. Todo lo que tenía que hacer era impulsarse y estaría libre del barco y de Chacal.

Oh, Dios, tengo miedo. Ayúdame. Apenas podía ver el agua que se extendía a unos seis metros más abajo.

Un golpe en la puerta del camarote la sacudió repentinamente. «¡Abran la puerta!», dijo el señor Job. Abby también escuchó la voz de otros hombres. Luego escuchó el sonido más aterrador de todos: La llave en el cerrojo.

Se le aceleraron los latidos del corazón de manera tal que pensó que le iba a estallar. La puerta se abrió y el señor Job, junto con otros dos hombres, entraron al camarote.

Abby tomó impulso y se lanzó al espacio. Al caer al mar se sumergió por un instante en las frías aguas. Luego subió a la superficie agitada. Le pesaba la ropa.

«¡Lucas!» gritó Abby. *¿Dónde estará el bote?*

Las olas salpicaban por encima de su cabeza, y comenzó a nadar en la dirección que había visto el bote por última vez.

«¡Aquí, Abby!» la voz de Lucas era de pánico. Vio detrás de ella un haz de luz que iluminaba las olas. El agua la golpeó en la cara. *Alguien debe estar con un farol en la ventana. ¡Me están buscando!*

Con la luz de la linterna se aclararon las olas, se pusieron verdosas. De las profundidades se le acercó algo poderoso que pasó a su lado como un rayo.

A Abby casi se le detuvo el corazón. *¡Un tiburón! ¡Un enorme y veloz tiburón!* Estaba tan cerca que Abby sintió que el agua se agitaba a su paso.

El pánico se apoderó de ella. Sacudió brazos y piernas y luchó contra el mar, intentando recuperar el aliento. Las olas trataban de cubrirla pero en eso oyó la voz de Lucas que la llamaba gritando. Los hombres del barco también estaban gritando. Entonces oyó que algo caía en el agua, y un instante más tarde un disparo.

¡Le disparaban a ella!

Un repentino ruido en el agua delante de Abby hizo que dejara de nadar. Gritó. Entonces Lucas estiró la mano y la agarró por la muñeca. No había tiempo para hablar. Lucas la trajo hacia el bote, ahora solo a unos centímetros de distancia.

Los fuertes brazos del capitán Chandler la tomaron y la subieron al bote. Lucas colocó una pierna sobre la borda, mirando sobre sus hombros. Luego, entró él también al bote, haciendo que el mismo se ladeara en la marejada.

—¡Capitán, nos están disparando! —dijo Lucas.

El capitán Chandler meneó la cabeza.

—No, niño. El señor Job le apuntó al tiburón. Además, creo que le dio. De no ser así, uno de ustedes dos no estaría aquí.

Abby temblaba en el banco de madera. El botecito se meció en las olas cuando el capitán se quitó el saco azul y se lo colocó a Abby.

—Gracias, capitán, pero saben que estamos aquí. Pronto nos estarán persiguiendo —dijo Abby.

—En pocos minutos lo sabremos —dijo el capitán—. Tomemos un minuto para agradecerle a Dios que escaparas a salvo del barco.

Lucas se sentó junto a Abby.

—Y del tiburón —dijo Lucas.

El capitán inclinó la cabeza y en voz baja habló con Dios. Abby cerró los ojos, dejando escapar unas lágrimas. Ella quería acostarse y dormir y olvidar todos los problemas y temores. Cansada, se recostó en el hombro de Lucas y suspiró. Lucas la abrazó. Cuando el capitán dejó de orar, Abby pensó en mantenerse con los ojos cerrados y descansar durante un momento. Entonces Lucas habló en voz alta, titubeante al principio.

—Dios, no he hablado contigo desde que Ma murió. Me siento mal por ello. Lo… lo lamento. Simplemente quiero agradecerte por… por proteger a Abby del tiburón. Estaba seguro que se la iba a tragar…

Las olas golpeaban rítmicamente el casco del botecito, pero todo lo que Abby oía era la voz de Lucas quebrada por la emoción. Abrió los ojos y lo vio cubrirse la cara con la mano libre. Ella dejó el saco del capitán y con dulzura apoyó la palma de su mano en la cara de Lucas.

El capitán Chandler se aclaró la garganta.

—Mientras tanto, no pienso facilitarles el trabajo a esos amotinados para que nos atrapen. Lucas, alcemos la vela y vayamos rumbo a Oahu —y se puso de pie para recoger la vela y el mástil corto que estaba guardado bajo los bancos.

—Con un pequeño empujón de Dios tal vez podamos apuntar el bote en la dirección correcta y llegaremos a tierra en la mañana. ¿Está bien, hijo?

—Sí, señor —dijo Lucas levantándose para ayudar al capitán.

Abby se acomodó el saco y cerró los ojos. Sentía gratitud. Una vez más estaban perdidos en el mar, pero ahora junto a un capitán que conocía las corrientes y sabía navegar. Abrió los ojos y respiró profundo, se sorprendió por la belleza de la noche. Las estrellas brillaban en el cielo oscuro; como diamantes en una caja con fondo de terciopelo. Recordó que Dios le había dicho: *TE CUIDARÉ COMO A LAS ANTIGUAS ESTRELLAS*. El recuerdo de estas palabras le trajo paz.

Lucas y el capitán Chandler hablaban entre sí mientras levantaban el mástil y colocaban la vela. Abby escuchó a Lucas mencionar los faros del barco a la distancia. «No somos tan importantes como para que se molesten en venir».

Abby sonrió. No cabía duda de que Chacal estaría muy contento de haberse desecho de la niña que traía mala suerte. No quería que se mencionase a Dios en el barco. Tal vez ni se había despertado todavía y, para la tripulación, ellos no eran importantes.

Pronto Abby dejó de escuchar a Lucas y al capitán Chandler. Su corazón estaba tan colmado que no podía prestar oídos a palabras humanas. Por primera vez en su vida había escuchado a Lucas hablarle a Dios, Aquel en quien ella ahora confiaba aún más.

Las cavidades de su corazón sonaban como las campanas de un campanario, repiqueteando de júbilo a pesar de estar perdidos en el vasto mar.

Abby, abrigada con el saco del capitán, durmió en el banco de madera. Al amanecer se sentó bajo la luz que asomaba por una montaña distante.

«¡Tierra!» gritó Abby como si la acabara de descubrir. El capitán Chandler le sonrió a Lucas.

—Es bueno tenerla a bordo, de lo contrario no la hubiéramos visto —el capitán le guiñó un ojo a Lucas desde su puesto al timón.

—¡No me molesten! Pensé que querían saberlo —dijo Abby.

—No seas tan sensible, Abby —dijo Lucas—. Nos alegra que hayas podido descansar. El capitán estima que estaremos en tierra en más o menos media hora.

—Estamos en el lado de la isla expuesto al viento, por lo que hemos tenido las velas completamente izadas toda la mañana. Lucas, mantenlo en rumbo —dijo el capitán— y llegaremos a aquel tramo de arena. Si mal no recuerdo, puede que sea Kailua.

—Kailua es donde está el rancho de mi tío —dijo Abby contenta—. ¡Hoy podremos ver a Ma y a Pa!

—Puede ser —dijo el capitán—, pero si no me equivoco toda la zona se llama Kailua. ¿Dices que él posee tierra por aquí?

Abby se frotó los ojos para despejarse y dijo con entusiasmo: —¡Sí, un rancho entero! Creo que es rico, por lo menos en tierras.

—Ab, ¿tienes sed? —le preguntó Lucas.

—Tengo mucha sed y también un poco de hambre.

El capitán se acercó a una caja de madera que estaba al lado de Lucas y levantó la tapa. Sacó una caja de metal y una jarra llena de agua.

—No es mucho, pero galletas y agua es mejor que hambre y sed.

Abby comió agradecida.

Mientras pasaban los minutos, ellos seguían navegando sobre las olas. Un juguetón grupo de delfines les dio la bienvenida a unos ochocientos metros de la orilla. Los alegres animales saltaban y giraban sobre el mar, disfrutando con cada zambullida. Pequeñas gotas de rocío salpicaban cuando se sumergían al agua.

—¡Oh, Lucas! ¿No son hermosos? —preguntó Abby.

—Nunca tendría miedo de nadar en el océano si los delfines me acompañaran.

—Son criaturas maravillosas; y siempre son un buen augurio, tanto para los marineros como para los hawaianos —replicó el capitán,

Los delfines, acompañándolos a la playa, tomaron turnos, nadando en la proa del bote, zambulléndose al agua justo delante de la proa. Cuando finalmente el pequeño bote estuvo a unos treinta metros de la orilla blanca, los delfines cambiaron de rumbo y se dirigieron mar abierto.

—¡Adiós! —les gritó Abby.

—¡Al menos, aquí no hay un arrecife de coral! —dijo Lucas, sobrepasando con su voz el ruido del oleaje.

Abby recordó la primera vez que tocaron tierra, aunque esta vez, el bote llegó a la playa suavemente. Se deslizó tranquilamente sobre la ola hasta detenerse. Lucas y Abby saltaron antes que el capitán y luego lo ayudaron a empujar el bote hasta la arena seca.

Con la luz de la mañana Abby divisó un grupo de mujeres y unas chozas de guano a la distancia.

—¿Les preguntamos dónde estamos? —dijo Abby.

—Vamos —dijo el capitán Chandler.

Al acercarse, los recibió una mujer hawaiana de gran porte, con largos cabellos blancos y una hermosa cara redonda.

—¡*Aloha, haoles!* Bienvenidos a Kailua.

La isleña se sentó en una alfombra de grama a enmendar una gran red de pesca extendida delante de ella. Otras tres grandes mujeres, que también enmendaban la red, mostraron rostros felices.

Abby estaba complacida.

—*Aloha*. Soy Abby; ellos son Lucas y el capitán Chandler. Su tripulación se amotinó; nosotros escapamos y ahora estamos en busca de mis padres. Deben estar en el rancho de mi tío aquí en Kailua.

La mujer que les dio la bienvenida se puso de pie, dejando ver su cabello largo que le llegaba hasta más abajo de la cintura. Era alta, majestuosa y orgullosa.

—Soy Olani, caudilla de Kailua.

Hablaba con un ritmo melodioso, con rostro benevolente y amable.

—La pequeña *wahine* tiene mucha historia que contar. Vengan, se refrescarán en mi casa, comerán *pu—pus*, algo de papaya y pescado. Luego mi hijo los llevará a casa de tu tío.

Le hizo señas a las otras mujeres para que fueran con ellos.

Abby quedó boquiabierta.

—¿Eres Olani?

Olani sonrió y se le arrugaron los bordes de los ojos.

—Sí. ¿Has oído hablar de mí?

—Su hijo Kimo me habló de usted. Me dijo que tenía el pelo como bruma de montaña —Minuto a minuto Abby se emocionaba más— ¿Está Kimo aquí?

—Está con su padre, cazando tierra adentro. Regresarán hoy. Lo verás, creo.

—Me gustaría mucho esperarlo —dijo Abby ansiosa—, pero mis padres… piensan que estoy muerta; perdida en el mar; debemos irnos enseguida al rancho de mi tío. ¿Sabe dónde vive Samuel Kendall?

Olani dejó la aguja de madera con la que enmendaba la red.

—Sí, a kilómetros de aquí; por *pali, mauka,* camino a las montañas —señaló hacia la lejana montaña al sudoeste de la aldea—. Ir ahora. Llegar antes de la puesta del sol. Lleven agua y comida.

En el rostro de Abby se notaba su desilusión.

—Ay, esperaba poder verlos pronto.

—¿Cómo es la subida, señorita Olani? ¿Es muy difícil? —preguntó Lucas.

—Señorita Olani cree que un niño *haole* como tú no tener problemas para subir. ¿Abby también tiene piernas fuertes?

Abby tragó saliva. —Bueno, si puedo descansar a menudo, lo lograré. *Pero ya estoy cansada.*

Olani la miró comprensiva.

—Creo que tú llevar mi yegua, Azúcar. Es buena para subir montaña. También llevará mochila. Tu ser pequeñita. Azúcar llevará a Abby, no problema.

Abby se entusiasmó— oh Olani, muchas gracias. —Sin pensarlo Abby abrazó a la gran jefa.

—Ven, niña *haole*.

Olani y sus grandotas amigas sonrieron. A Abby le parecía que ellas no tenían ninguna preocupación. Con su ayuda, tampoco la tendría Abby.

Dos horas más tarde Abby montaba a Azúcar, mientras que Lucas y el capitán Chandler caminaban delante de ella. A pesar de estar cansados de la noche anterior, los tres habían comido un delicioso desayuno que consistía en papaya y pescado, coco, fruto de pan asado y agua de coco. Recobraron fuerzas para el viaje, no solo por la comida sino también por la melodiosa voz hospitalaria de Olani. Después de recibir las instrucciones exactas de Olani, Abby, Lucas y el capitán Chandler comenzaron su ascenso a la montaña.

—Tiene merecido el cargo de jefa —dijo el capitán Chandler mientras caminaban entre la maleza—. Tanto amor y amabilidad; lo llaman el «espíritu *aloha*» —meneó la cabeza como si estuviese impresionado—. No vas a encontrarlo en muchos otros lugares del planeta.

—Así es —dijo Lucas—. Si mi tía Dagmar tuviera por lo menos una uña de *aloha,* me hubiera quedado allí cuatro años más.

Abby dejó de pensar en la casa de la playa de Olani y del bienestar que encontró en ella. Pensaba en su reencuentro con Ma y Pa, y hasta con la pequeña Sara. La embargaba el llanto siempre que pensaba en la cara de sorpresa de ellos. ¡Sería como si ella volviera de la tumba! *Será un día muy feliz.* Pensó.

A medida que la planicie comenzaba a asomarse junto con el sol, todos dejaron de hablar. En ocasiones bebían del recipiente de agua, hecho con piel de cabra. Hacía rato que Abby le había devuelto el saco al capitán Chandler y ahora estaba amarrado a la silla de montar de Azúcar. Nadie notó el rollo de cuero aplastado dentro del vestido de Abby, pero con el calor, comenzaba a picarle y a molestarle. Dado que Azúcar caminaba detrás de los dos hombres, Abby aprovechó la oportunidad para desabrocharse el botón de arriba y sacar el mapa.

Pero… *¿qué haré con el mapa?*

Su mirada cayó en el saco del capitán atado a la silla de montar. Ató apresurada el mapa a la montura y luego lo cubrió con el saco del capitán. Al avanzar deprisa pasaron de unos arbustos bajos a unos árboles de colores verde claro y oscuro. El capitán Chandler señaló un árbol con hojas de color verde pálido con grandes nueces marrones.

—Abby —dijo el capitán al darse vuelta para mirarla— ese es un árbol kukui. Creo que estamos por entrar a un bosque de kukui.

Lucas inclinó la cabeza ante un árbol verde oscuro que tenía delante.

—¿Cómo se llama aquel, capitán? —le preguntó Lucas.

—Se conoce como árbol Koa. Por lo general, ambos árboles crecen juntos a esta altura. Contrastan bien entre ellos, ¿no crees?

—Supongo que sí. Es lo que le interesa a Abby, dibujar árboles y aves y cosas así. En lo personal, no le presto demasiada atención —dijo Lucas bufando.

Abby sonrió.

—Lucas, nunca se sabe cuándo te pueda ser útil conocer de flora y fauna local —dijo Abby.

—Tiene razón, muchacho. Un hombre que conoce su entorno puede vencerlo. Por ejemplo, los sándalos aromáticos que crecen en las montañas de Hawai, en la actualidad valen una fortuna —el capitán hizo una pausa y meneó la cabeza—. Y mi fortuna está camino a China sin mí.

—¿Por qué no nos detenemos y comemos la comida que preparó Olani, capitán? —sugirió Abby, intentando animarlo.

—Es una idea formidable —dijo Lucas.

Los cansados viajeros se hicieron al costado del marcado sendero, a la sombra de un bosquecillo de kukui y abrieron la canasta que llevaban. Sacaron el almuerzo que consistía en frutas, pescado a la parrilla y pollo. Cuarenta minutos después, luego de una breve siesta, se encontraban nuevamente en el sendero.

El sol estaba fuerte y caluroso, pero a menudo se movían bajo la sombra de los árboles del bosque. No mucho después del mediodía llegaron a una rocas sobresalientes y un despeñadero desde el cual se podía ver hacia abajo la verde azulada bahía Kailua.

El capitán Chandler se remangó las mangas blancas de su camisa y puso el rostro hacia el viento.

—Nunca me canso del mar —dijo—. Miren aquel barco que va por allá a toda vela. Es una hermosura… —su voz se detuvo al mismo tiempo que fruncía el entrecejo. Miró detenidamente al barco lejano—. ¡Por amor de Dios! ¡Es mi barco! ¡Es *Dama Voladora* que regresa!

Lucas se acercó a su lado protegiéndose los ojos del sol.

—Tiene razón, capitán. ¿Por qué regresarían luego de haber navegado tantas horas?

Abby, nerviosa, se mordió el labio inferior al bajar del caballo. En un instante estaba junto a ellos.

—Yo… eh… creo saber el motivo por el cual regresan… —dijo Abby.

—¿Tú? —balbuceó el capitán—. ¡Santos cielos, niña, di por qué!

Abby desenrolló el mapa de cuero de la parte trasera de la montura y lo sostuvo en el aire.

—Tengo el mapa del tesoro de Chacal. Está un poco mojado.

El capitán lo tomó mientras Lucas gritaba de alegría y daba algunos pasos de baile al borde del despeñadero.

—¡Bravo! —gritó entusiasmado—. ¡Engañaste a esa sabandija! ¡Buen truco, Abby!

El capitán no miró el mapa. En cambio, lo enrolló y se lo entregó de nuevo a Abby.

—Es difícil creer que veinte hombres armados persiguiéndonos, sea algo bueno —dijo el capitán.

—¿Cómo lo hiciste, Abby? —preguntó Lucas sin prestar atención a lo que decía el capitán.

Abby se sonrojó, sus mejillas parecían dos manzanas coloradas.

—Bueno, capitán… cuando Chacal me dijo que lo iba a enviar a usted al pantoque y a mí me iba a atar en la cocina, supe que no tendríamos oportunidad de escapar. Entonces… eh… lo golpeé en la cabeza.

Lucas abucheó contento.

—¿Con qué lo golpeaste, Ab? —le preguntó Lucas.

—Con… eh… el pimentero.

Por un instante, nadie dijo nada. Luego, el capitán Chandler comenzó a reírse hasta terminar largando una carcajada. Abby y Lucas también se rieron.

Cuando el júbilo terminó, el capitán se secó los ojos y dijo:

—Bueno, ¿quiere decir que le diste con el pimentero que mi querida Isobel me regaló? ¡Ella sabe lo mucho que adoro mis condimentos! Se alegrará de oír esto.

—Y entonces ¿qué pasó, Abby? —preguntó Lucas.

—Bueno, iba a salir de la cocina pero comencé a preocuparme, pensando que quizás lo habría matado, por lo que entré de nuevo a ver si estaba respirando.

—¡Abby, fuiste muy valiente! —dijo Lucas mirándola orgulloso.

Ella, contenta con el cumplido, siguió.

—¡Fue entonces cuando vi el mapa que sobresalía de su camisa, y, por alguna razón, lo tomé! Entre el golpe en la cabeza y todo el ron que había bebido, probablemente no se despertó hasta esta mañana.

—¡Bravo, Abby! —dijo el capitán con ojos brillantes—. Gracias a Dios que pudiste llevarlo a cabo… —pensativo, se llevó la mano al mentón—. Estoy seguro que al volver en sí, Chacal debe haber estado furioso. Ahora viene en busca del mapa y, cuando vea el bote salvavidas en la playa sabrá que estamos aquí. Sin embargo, tenemos el elemento sorpresa de nuestro lado —miró hacia su barco distante—. Tal vez podamos usarlo en nuestro beneficio —hizo un gesto a los chicos para que se sentasen en las rocas junto a él.

—Vamos a planificar lo que haremos. Primero, Chacal llegará a la orilla y quizás sepa hacia dónde nos dirigimos. Abby, ¿quieres que sepa dónde vive tu familia? —preguntó el capitán.

—No, señor —dijo Abby con preocupación en la voz.

—Ni yo tampoco —dijo el capitán—. Esto es lo que debemos hacer: tenemos que regresar a la playa y pedirle ayuda a Olani. A lo mejor podemos conseguir *kanaka* —hombres hawaianos— para que nos ayuden.

—Si Chacal y sus hombres vienen tras nosotros ¿cómo van a saber que fuimos hacia la montaña? —dijo Lucas, levantando las cejas.

—Debemos dejar huellas en el bosque de kukui para que nos sigan —dijo Abby entusiasmada.

—Bien pensado, Abby. Sí, podemos dejar trozos de vestimenta, ramas rotas, cosas como esas. ¡Cuando se den cuenta que regresamos a la playa, ya les llevaremos mucha ventaja!

Se apartaron del sendero y acortaron camino por el bosque de kukui. Allí dejaron trozos de vestimenta colgada en la maleza, huellas de pisadas por todos lados, y ramas partidas para marcar por donde habían pasado. Sin embargo, mientras hacían todo eso, Abby iba elaborando un plan en su mente.

Capítulo diecisiete

Durante varias horas Abby, Lucas y el capitán Chandler bajaron la montaña a través de arboledas de kukui y koa. Cuando divisaron la aldea de Olani, el sol ya se había puesto y se asomaba la nueva luna llena.

Al pasar cerca de la casa de Olani, Azúcar relinchó fuerte. A pesar de algunas antorchas encendidas y varias fogatas ardiendo en la aldea, la luz de la luna era tan brillante que Abby podía ver claramente. Allí, anclado a treinta metros de la orilla, estaba *Dama Voladora*, tomada por los amotinados. Abby le quitó la montura a Azúcar y la guió hasta la casa de Olani. El capitán y Lucas la seguían. Al llegar, Olani abrió la puerta y Azúcar relinchó de nuevo. Por la puerta se asomó un hombre hawaiano de gran porte que casi choca con Abby.

Miró a Abby detenidamente y se alegró mucho.

—¿Eres tú, pequeña *wahine*? —le preguntó Kimo.

—¡Kimo! ¡Qué bueno es ver una cara conocida! ¿Mis padres están bien? —preguntó Abby.

Él se le acercó y se inclinó para chocar narices. Abby sabía que era la manera en que los hawaianos demostraban su amor y sintió la ternura de ese gesto. El gran hombre dio un paso atrás.

—Regresas del sueño de la muerte. Kimo decir que venir tormenta.

Abby se echó a reír.

—¡Nunca más dudaré de lo que me digas!

Las bellas facciones de Kimo mostraban una apariencia de profunda satisfacción.

—Tus padres pronto conocerán gran júbilo —dijo Kimo.

—Kimo, qué bueno es saber de ellos. ¿Fueron al rancho de mi tío? —preguntó Abby.

—Sí, *wahine*. Están allí con pequeña *wahine*, Sara. Yo la llamo «Noé, «la Bruma». Su cabello ser blanco como de Olani, mi madre real.

En ese momento el capitán Chandler dio un paso adelante y Abby lo presentó.

—El capitán nos iba a llevar, pero sus hombres se amotinaron, todo porque un hombre tenía un mapa con un tesoro. Por poco no escapamos con vida. Chacal quería matarnos, o vendernos como esclavos.

Kimo frunció el ceño.

—Creo que nosotros enseñar lección a este Chacal. Olani lo conoció esta mañana cuando ancló su barco. Es muy grosero. Nos preocupamos cuando seguir tu huella. Ahora creo planificar un *nui*, gran bienvenida para él.

—Eso es exactamente lo que tenía en mente —dijo el capitán Chandler.

—Kimo, él es Lucas, mi amigo de California. Vino como polizón en tu barco —le dijo Abby.

Kimo abrió grande los ojos.

—¿Nos engañaste? —le preguntó a Lucas.

—Sí, señor. Lo siento —dijo Lucas, frotando un zapato en la tierra.

La sonrisa en Kimo se esfumó.

—Abby, ve con Olani. Quiero llevar al capitán a conocer a mis amigos. Juntos resolveremos pronto las cosas. Lucas, tú ven con nosotros. Ya veremos si peleas tan bien como te escondes —dijo Kimo.

¡Pobre Lucas! Pensó Abby, a pesar de estar contenta de tener a Kimo de su lado.

Olani recibió a Abby en su casa. Aunque por fuera era una gran casa de guano, por dentro estaba muy bien decorada con muebles de Boston hechos a mano. Había una mesa, adornada con un juego de vajilla de té blanco y dorado. En un rincón tenía una alacena de porcelana china. En el rincón opuesto había un escritorio de tapa corrediza hecho de caoba con una pluma y un tintero cerca de una cama de cuatro patas con un cubrecama de seda roja.

—Descansa aquí, Abby —dijo Olani, señalando la lujosa cama.

—Oh, no, Olani. No podría. Es tu cama.

—No, esta es la cama para las visitas. Yo estoy acostumbrada a dormir sobre una estera. Los viejos hábitos son difíciles de abandonar —dijo Olani riéndose.

—Estoy demasiado excitada como para dormir, Olani. ¿Podría sentarme al escritorio por un rato? —preguntó Abby.

—Ah, ¿sabes leer y escribir? —preguntó Olani.

—Sí.

Abby tenía una idea. Sonrió, pensando en cómo la escribiría.

—Bien, te conseguiré *tapa* para que escribas. Es como papel. Usa tinta del escritorio. Olani volverá pronto.

Cuando Olani regresó con *tapa* color marrón, dejó sola a Abby. Ella acarició la *tapa* con los dedos. Era casi tan suave como la seda, pero crujía como papel. Mojó la pluma en el tintero y se inclinó sobre la *tapa*. Mientras trabajaba oyó a Olani regresar con sus amigas. Desenrollaron las esterillas para dormir delante de la puerta de la choza.

Cuando a Abby se le cansaron los ojos por el trabajo, se levantó y se dirigió a la cama. Suspiró al tenderse sobre el cubrecama de seda, era el más lindo que ella jamás había tenido en su casa. Luego apagó la lámpara de aceite que estaba sobre la mesa de luz, dejando la choza en completa oscuridad. Abby se hundió en las mullidas almohadas y pronto se quedó dormida.

Tres horas le llevó al capitán Chandler, Kimo y Lucas preparar su sorpresa. Pasaron por la aldea despertando a los hombres más fuertes y valientes que Kimo conocía. Kimo le dijo al capitán que Chacal había dejado el barco con cinco tripulantes. Eso quería decir que catorce hombres permanecían a bordo. Decidieron caminar un kilómetro y medio hasta la aldea vecina para formar un ejército de veinte guerreros.

Los valientes *kanaka* se reunieron silenciosamente en Playa Kailua y se sujetaron los taparrabos. El capitán Chandler y Lucas se quitaron la camisa y los zapatos. Cada hombre desenvainó su cuchillo y lo sostuvo entre los dientes mientras se internaban en el mar apenas iluminado por la tenue luz de la luna y nadaron hacia el barco anclado.

Al principio, a Lucas el agua le pareció fría, pero pronto se tornó refrescante. Pensó que de no ser porque tal vez pronto se derramaría sangre, hubiera sido un baño agradable. ¡Esperaba que no fuera su sangre! Kimo le dio un puñal, pero él nunca había peleado con un hombre.

Cuando los veinte *kanaka*, que estaban acostumbrados a nadar en esas aguas, llegaron al barco un poco antes que Lucas y el capitán Chandler, se colocaron alrededor de la cadena del ancla en la proa del barco. La cadena se mantenía tensa, pero el bote se balanceaba hacia arriba y hacia abajo.

El capitán se quitó el cuchillo de la boca y susurró: —Subiré primero por la cadena; si llega a haber algún problema, me caerá a mí.

Colocó nuevamente el cuchillo entre sus dientes y comenzó a trepar por el cable. Caía agua del cuerpo del capitán mientras subía y Lucas se estremeció.

Deseaba que nadie escuchase nada mientras ascendía detrás del capitán, agarrándose con manos y pies a la resbaladiza cadena.

De repente vio un reflejo de luz que se dirigía hacia la proa del barco. Lucas notó que el capitán Chandler no se había percatado. ¿Los habría escuchado alguien? En ese preciso instante se encendió un farol cerca de la proa, dejando expuestos a la vista al capitán y a Lucas en una postura extraña y chorreando agua.

—¿Es usted, capitán? —le preguntó el señor Job.

La luz que se reflejaba en su cara mostraba las cejas levantadas por la sorpresa. El capitán, sin poder hacer más que gruñir, miró intensamente a su primer oficial. El señor Job puso cara de asombro al ver, por sobre el capitán, a tantos *kanaka* pedaleando en el agua para mantenerse a flote.

—¡Bueno, por la gracia del Todopoderoso ha venido a reclamar su barco, señor! —exclamó el señor Job y apagó el farol—. Venga por el portalón, capitán, y bajaré la escalera de sogas —se apresuró a decir.

La mayoría de los hombres nadaron a la parte media del barco, pero el capitán Chandler siguió trepando. Lucas lo siguió. Cuando sus pies pisaron cubierta, el capitán se quitó el cuchillo de la boca y le hizo señas a Lucas para que se mantuviese agachado.

La cubierta estaba vacía. El señor Job no los había delatado. Un instante después los hawaianos subieron a cubierta, chorreando agua, pero en silencio. El capitán y Lucas se unieron a ellos y hablaron en susurro.

—Señor Job, ¿dónde están los hombres? —preguntó el capitán Chandler.

—Están durmiendo la mona, señor. ¡Nunca me he sentido tan feliz de tener una tripulación ebria! —dijo el señor Job.

El capitán le puso al señor Job una mano sobre el hombro y dijo calladamente:

—Bien hecho, Job.

—Señor, dos de los hombres, Smithers y Woodruff, se han quejado de Chacal. Me dijeron que querían encontrar la manera de devolverle el barco. Creo que podemos confiar en ellos, señor —dijo Job.

—Cuando nos encontremos con ellos, veremos su reacción. Si pelean, los mandaré al calabozo, pero si nos apoyan, los volveré a aceptar —dijo el capitán Chandler luego de una pausa.

Justo cuando Lucas se acercó al capitán y al señor Job, se asomaba una cabeza por la escotilla del frente. Instintivamente Lucas tomó un balde de madera que tenía cerca y se lo encasquetó en la cabeza al marinero. Se escuchó salir un quejido de la boca del marinero ebrio, aunque amortiguado por el balde, pero Lucas lo tomó de la camisa y lo sacó por la escotilla.

El capitán y los hawaianos se acercaron enseguida. En cuestión de segundos el viejo marinero cayó a cubierta de un golpe e inmediatamente lo ataron y amordazaron.

El capitán le dio una palmada a Lucas en la espalda.

—¡Buen trabajo, Lucas!

Kimo lo miró con aprecio.

—¡No está mal para un muchacho *haole* polizón!

Lucas se entusiasmó con el halago y la aventura.

—¡Vayamos en busca de los otros sinvergüenzas! —exclamó Lucas con entusiasmo.

La luz de la luna dejó ver veintitrés sonrisas, mientras el capitán guiaba a los hombres por la escotilla.

Capítulo dieciocho

Abby despertó de su sueño sintiéndose perturbada. Durante un momento no pudo recordar dónde se encontraba. Entonces recordó que estaba en casa de Olani. Lucas y el capitán Chandler estaban recuperando el barco.

De repente escuchó la voz de Olani afuera de la choza, hablando con autoridad.

—Vete. ¡Lárgate!

—¡Truenos! ¡Aprenderás respeto! —exclamó la colérica voz que se escuchó del lado de afuera.

¡Es Chacal!

Cuando su terca voz se perdió al marcharse apresuradamente con sus hombres, Abby se movió despacio en la oscuridad de la choza. Con mucho cuidado intentó recordar la ubicación de la mesa y de las sillas.

Llegó a la puerta, espió y vio a seis hombres retirándose. Se dirigían hacia la playa. Uno de ellos llevaba una antorcha. Al desaparecer tras una pequeña duna, Abby fue hasta donde estaba Olani, quien vigilaba a los hombres con los brazos cruzados sobre su ancho pecho.

—¡Olani, ese era Chacal! —dijo Abby con su cabello rizado desparramado por todos lados, pues desde hacía unas horas su trenza se le había desbaratado.

Olani se dio vuelta en su dirección y el aspecto amenazador que tenía se transformó en amabilidad.

—Nuestra pequeña *wahine* tener cabello hawaiano —dijo Olani, acariciando el cabello de Abby.

Abby sonrió.

—Sé que es Chacal, el que tomó barco y te amenazó —le dijo Olani—. Los hombres fueron a darles *nui,* gran sorpresa. Su hora está cerca.

Abby tragó con dificultad.

—¿Cómo sabemos si la sorpresa del capitán está lista? ¿No debiéramos retrasarlo?

Olani se quedó pensativa, al tiempo que una de sus amigas de cabello oscuro, Kaalani, se acercó y le acarició los rizos a Abby.

—Cabello-*nani.* Eso quiere decir cabello bonito.

Después, Kaalani se dirigió al resto de sus amigas.

—Abby tener razón. Podemos retrasar a esos malvados hombres —dijo Kaalani.

—Vamos —ordenó Olani.

Abby y las cuatro mujeres fueron deprisa, recorriendo la aldea, y subieron la duna de arena siguiendo a Chacal y a sus hombres. A Abby le daba vueltas el estómago de miedo. No quería volver a enfrentarse a ese diablo. Al llegar a la cima de la duna, Olani comenzó a correr. Abby quedó boquiabierta al ver la velocidad con la que se movía esa mujer corpulenta. Sus compañeras la siguieron y Abby intentó seguirles el paso.

Los hombres se dirigían a un bote auxiliar que había llegado a la playa, cerca de las redes de pesca de Olani.

—¡Chaaa—cal! —la voz de Olani viajó por la arena, obligando a los hombres a detenerse en el lugar.

Abby y las mujeres se encontraban como a unos cinco metros de distancia de los hombres. El hombre que sostenía la antorcha era Spandler, la mano derecha de Chacal.

—¡No le hagan caso! —escuchó Abby que él murmuraba—. Quiero ron y dormir bien. Estoy harto de los hawaianos.

Chacal, sin embargo, giró en dirección a Olani, dejando ver los músculos de sus fuertes brazos. Sonrió desagradablemente mientras aguardaba que Olani se le acercase.

—No, hace mucho tiempo que no le doy una lección a una mujer insolente como esa —dijo Chacal.

Olani se veía alta con su vestido *muumuu* de tela estampada de origen hawaiano. Su blanco cabello largo le llegaba hasta los hombros. Con rapidez se dirigió hacia él.

—Creo mejor tú quedarte aquí. Ese botecito no ser de ustedes.

Chacal la miró de manera despectiva. Sus ojos negros brillaron con vehemencia. «Intenta detenerme, gran *wahine*», la provocó Chacal.

Durante un momento el único ruido que se oía, además del ruido de las olas, era el de las amigas de Olani al respirar, asombradas por la falta de respeto hacia su líder. Abby llegó, corriendo justo a tiempo para ver cuando Olani le daba a Chacal un golpe de revés. El golpe hizo que Chacal echase la cabeza hacia atrás, casi haciéndolo caer al suelo. La luz de la antorcha dejó a Abby ver la cara de enojo y sorpresa que tenía Chacal. «Uyy-uyy-uyy», murmuró Abby.

Chacal tiró un golpe, pero Olani se agachó. Con la cabeza agachada golpeó a Chacal en el estómago. El impulso y el peso de Olani tiraron a Chacal a la arena.

Abby tenía los ojos desorbitados, mirando cómo Olani vencía a Chacal. De repente Abby gritó aterrorizada al sentir que alguien la tomaba del cabello por la espalda.

«Te tengo, pequeña canalla», exclamó Spandler al dejar caer la antorcha y tomarla por el cabello.

Comenzó a arrastrarla hacia el bote. Abby intentó resistirse, pero no era rival para él. «¡Olani!», gritó Abby.

La jefa de la tribu dejó a Chacal en el suelo y se apresuró a ayudar a Abby, abalanzándose sobre Spandler. A Spandler se le doblaron las rodillas y cayó fuerte, soltando el cabello de Abby.

Una de las amigas de Olani se había sentado encima de Chacal, quién maldecía sin parar. Pero de nada le valía porque era imposible sacarse de encima a la mujer que pesaba unos ciento treinta y cinco kilos. Abby sonrió al ver que la amiga de Olani blandía un arma en la cara de Chacal.

Los otros cuatro marineros miraban desconcertados. Ninguno de ellos había considerado amotinarse antes de que apareciera Chacal, y ninguno antes había considerado golpear a una mujer. No deseaban comenzar a hacerlo ahora. Dos de ellos se acercaron a la mujer sentada sobre Chacal e intentaron hacerla levantar. No lo consiguieron. Tampoco lograron nada los dos hombres que intentaban levantar a Olani y a la otra mujer de encima de Spandler.

Abby se frotó la cabeza donde Spandler le había tirado del cabello. Pensó desesperadamente qué hacer. Al ver la red de pesca a unos seis metros de distancia, corrió hacia ella y recogió una parte de la red con sus delgados brazos. Con todas sus fuerzas comenzó a arrastrarla hacia Spandler.

Kaalani se lanzó velozmente hacia la casucha de pesca y tomó un objeto largo que brillaba bajo la luz de la luna. Abby la vio acercarse sigilosamente detrás de los dos hombres que molestaban a sus amigas sentadas sobre Spandler. *¡Guac! ¡Crac!* Kaakani golpeó a los dos hombres en la cabeza y ellos cayeron al suelo.

Al ver a Abby luchar con el peso de la red, Kaalani se apresuró para ayudarla a arrastrarla en dirección a Spandler. Las dos mujeres se levantaron de

PAMELA WALLS

encima de la espalda de Spandler, y el hombre se dio vuelta, listo para ponerse de pie. «Yo no creer que debas», dijo la mujer, agitando el garrote. Spandler, desalentado, se quedó en la arena. Las tres *wahine* tiraron la red sobre él y sus dos amigos caídos.

Luego Kaalani fue a ayudar a la amiga sentada sobre Chacal. La *wahine* necesitaba poca ayuda, ya que tenía empuñada la pistola y la agitaba contra los dos hombres que intentaban ayudar a Chacal.

«¡Ey, traigan al bocón aquí!» gritó Olani. Kaalani se le acercó con el garrote y ayudó a llevar a Chacal y a sus dos hombres hacia la red. «¡Entren!», ordenó Kaalani al levantar un borde de la red. La expresión de Chacal reveló que no iba a obedecer, así que la otra *wahine* levantó la pistola y le apuntó.

Chacal, con la boca abierta e incrédulo, obedeció. Tiraron la red sobre él y sus amigos, y luego Olani y las otras tres mujeres hawaianas se sentaron en cada extremo. «¡Lo pensarán dos veces antes de insultar a Olani de nuevo!» dijo Kaalani.

Abby sonrió. Nunca había visto algo tan gracioso en su vida. Comenzó a reírse y las hawaianas también.

¡Ah, qué gran sentimiento de amistad! Amo a este pueblo hawaiano. Son las mejores personas que jamás haya conocido.

—Kaalani, ¿qué es ese garrote que estabas usando? —preguntó Abby.

Kaalani levantó el objeto largo bajo la luz de la luna.

—Es hueso de mandíbula de delfín. Él lo usó para golpear a enemigo, el tiburón. ¡Nosotras también! —las mujeres rieron de nuevo, mientras que Chacal y los hombres se retorcían bajo la red.

—Duerman, hombrecitos —les dijo Olani—. Lo necesitarán, creo yo. Pronto Kimo vendrá por ustedes.

—Me pregunto cómo estará Lucas —dijo Abby, sin dirigirse a nadie en particular.

Olani la miró y sonrió.

—Si él es la mitad de valiente que tú, Cabello nani, será buen guerrero —dijo Olani.

Abby se sentó sobre la red en la suave arena de Kailua bajo la luz de la luna y pensó que, probablemente, Olani tenía razón. De cualquier modo, no era de buena educación discutir con una jefa tribal. ¡Ese fue un error que probablemente Chacal no cometería de nuevo!

Cuando Kaalani comenzó a tararear, Olani dijo: «Cabello-nani, ve a la choza a buscar el tambor de calabaza». Abby se retiró en busca de la gran calabaza que recordaba haber visto antes.

Mientras las mujeres aguardaban el amanecer, Kaalani comenzó a tocar el tambor y Olani comenzó a cantar. Abby escuchó las encantadoras palabras hawaianas que salían de la boca de la mujer. El sonido del tambor era como el latido del corazón, el latido de Hawai, notó Abby.

Comenzaron a enseñarle un antiguo cántico de victoria y el corazón de Abby se llenó de orgullo.

Esta gente es fácil de querer. Su espíritu aloha *hace que Hawai sea como mi hogar.*

Capítulo diecinueve

Al amanecer, los hawaianos de la aldea se reunieron con ellos en la playa y disfrutaron riéndose de los seis hombres corpulentos que la jefa y sus amigas atraparon bajo una red.

Kimo y dos de sus hombres volvieron a la playa listos para devolver a los amotinados al barco y encarcelarlos en el bergantín.

—Guerrera *wahine* —le dijo a Abby al sentarse junto a ella en la arena—, tu amigo el polizón también ser guerrero.

Abby se emocionó al escuchar que Lucas tomó parte en la recuperación del barco. Peleó con sus puños y dominó a los marineros borrachos, igual que los otros. Pero Kimo no contó los sucesos en detalle. «Llevemos los hombres al barco. Merecen una linda visita al fuerte de Honolulu», dijo Kimo con una sonrisa maliciosa.

Chacal y los marineros, rodeados por los nativos, obedecieron la orden de subir al bote salvavidas que tres *kanaka* sostenían por el movimiento de las olas. Abby trepó en la parte posterior junto a Kimo, quien controlaba a Chacal a punta de pistola. «¡Así que te enfrentaste a las guerreras *wahine* y perdiste!», dijo Kimo burlándose de Chacal.

Chacal, pensó Abby, estaba tan enfadado como un perro salvaje. A dos de los marineros de Chacal se les ordenó remar el botecito hacia *Dama Voladora* mientras una docena de hawaianos nadaban con ellos. El capitán Chandler se acercó a la baranda y gritó en dirección al bote que se acercaba: «¡Bien hecho, Abby!»

Bajaron la escalera de sogas y los nadadores hawaianos se reunieron en cubierta con sus amigos. Cuando el botecito se aproximó al barco, los marineros entraron los remos. Uno por uno los amotinados se pusieron de pie y subieron abordo. Chacal fue el último en subir.

Casi a punto de abandonar el bote de remos, Chacal miró a Abby de una manera tal, que la enfrió hasta lo más profundo de su ser. «¡Me acordaré de ti por esto!» Después maldijo, trepando por la escalera.

Al mismo tiempo que Kimo le lanzaba una soga al señor Job para amarrar el bote, Abby trepaba por la escalera. Le temblaban las piernas de cansancio. La falta de sueño y de comida y la conmoción la comenzaron a afectar.

Uno por uno llevaron a Spandler y a los demás marineros amarrados con sogas al calabozo, bajo la cubierta, la parte húmeda y maloliente del barco. Chacal todavía estaba atado con las manos en la espalda, mirando a Abby esforzarse por trepar la escalera. El capitán Chandler se inclinó para darle una mano a Abby, pero ella no la tomó. En cambio, metió la mano en la parte delantera de su vestido y comenzó a sacar el mapa de cuero que había escondido allí hacía poco tiempo.

Casi se echó a reír al ver que Chacal se daba cuenta de lo que sucedía.

«Capitán» dijo Abby colgada de la escalera con una mano, «quiero darle este mapa que comenzó la mala suerte para usted». Lo levantó en dirección a la mano estirada del capitán, pero lo soltó antes de tiempo. El capitán intentó tomarlo, pero el mapa cayó velozmente al agua y se hundió en la profundidad del puerto.

«¡Estúpida, niña inútil!», exclamó Chacal. Estaba rabioso y arremetió contra Abby, aunque tenía las manos en la espalda. «¡Te agarraré!» Un chorro de saliva salió de la boca de Chacal, la cual cayó en su desprolija barba negra. Abby se echó hacia atrás, pero el capitán se dio vuelta y dijo con viva mirada: «Controla tu lengua en mi barco o pagarás con veinte latigazos. Has causado demasiados problemas para un solo viaje, Chacal.

—Señor Job, asegúrese de encadenarlo en la parte inferior como el animal que es.

Pronto el señor Job y dos *kanaka* escoltaron a Chacal hasta el calabozo.

—Sube a bordo, querida. No te preocupes por el mapa. Creo que hemos hecho bien al deshacernos de él —dijo el capitán volviéndose hacia Abby.

Abby subió abordo y junto a Lucas y los *kanaka* que ayudaron al capitán, disfrutó del desayuno que Olani brindó. Ella y sus amigas trajeron una canoa llena de fruto de pan horneado y las frutas favoritas de Abby: bananas, papayas, guayaba y carambolas de las regiones frondosas cercanas al mar.

Los vientos alisios refrescaron el calor del sol naciente. A cada rato se dejaban ver unos peces voladores y uno de los *kanaka* sacó una *ukulele* y comenzó a entretener a todos.

Al igual que su estómago, el corazón de Abby estaba complacido. El capitán recuperó el barco y los veinte *kanaka* se ofrecieron a navegar a Honolulu, junto a sus leales compañeros de tripulación: el señor Job, Woodruff y Smithers. Al llegar a Honolulu, Chacal y los amotinados tendrían un hogar en la prisión militar. Chacal no sería más una amenaza para ella.

Sin embargo, Abby no podía dejar de pensar en su familia. Se acercó a Lucas y le murmuró: «¡Hasta dormir con Sara esta noche me haría feliz!» Recordó cuán a menudo se quejaba porque Sara utilizaba todo el cubrecama y a media noche le tiraba la pierna encima. Si Dios la ayudaba a reencontrarse con su familia, *nunca* más volvería a quejarse de eso.

Olani, que andaba moviéndose entre los allí reunidos, se inclinó y rodeó a Abby con sus brazos. «Cabello-nani ¿estás lista para ir a casa?»

El amor que reflejaban los ojos de la majestuosa mujer era más de lo que Abby podía imaginar. Era igual al amor incondicional de su mamá, esto hizo que a Abby se le llenaran los ojos de lágrimas. En silencio asintió con la cabeza y Olani la abrazó fuerte.

—Me parece que Azúcar llevarte a casa ahora, pequeña guerrera *wahine*. Pero creo que volverás pronto.

Abby sonrió.

—Gracias, Olani. Lo haré, lo prometo. Te devolveré a Azúcar en dos o tres días. Tal vez Ma y Pa vengan conmigo. Me gustaría mucho que te conozcan —dijo Abby.

Olani la abrazó de nuevo y luego llamó a Kimo.

—Abby y Lucas pueden regresar a la montaña en Azúcar. Llévala a la orilla —dijo Olani.

Kimo se agachó y frotó narices con su mamá. Olani cariñosamente puso las palmas de las manos en las mejillas de Kimo. Luego Abby vio al capitán Chandler venir hacia ella.

—Abby, veo que te alistas para marcharte.

Hasta ese momento Abby no había notado lo mucho que apreciaba al capitán Chandler. Había sido su amigo, fue muy bueno y muy amable y a pesar de las tragedias que había vivido, ¡confiaba tanto en Dios! Ella no quería que terminara su amistad.

—Lamento irme, capitán, pero necesito decirle a mis padres que estamos vivos —dijo Abby y tragó con dificultad.

—Por supuesto que debes irte. Me gustaría acompañarte para presenciar ese grato encuentro. Tienen muchos motivos de los cuales sentirse orgullosos de ti y de Lucas —dijo el capitán.

El capitán Chandler llamó a Lucas y le dio la mano.

—Me enorgullese haber prestado servicio contigo, joven. Si alguna vez necesitas trabajo, me alegrará tenerte a bordo en cualquier momento —le dijo el capitán Chandler.

Lucas lo miró con una sonrisa genuina.

—Gracias, señor… por todo —dijo Lucas.

El capitán abrazó a Abby.

—Cuida bien a Lucas, Abby. Necesita a su lado una mujer con carácter —le dijo el capitán.

Después, antes de bajar la escalera y dirigirse hacia la playa en canoa, abrazaron a muchos de sus nuevos amigos hawaianos. Con una canasta de comida preparada por Kaalani, Abby y Lucas montaron en Azúcar alrededor del mediodía y emprendieron el regreso *mauka,* en dirección a la montaña.

Abby se quedó dormida apenas pasaron la maleza en dirección a las regiones más frescas de los bosques de kukui. Los pájaros pitpit entonaban su canto característico y los árboles se inclinaban por el viento. Lucas se aferró a Abby mientras ella dormía recostada en su pecho.

¡No puedo creer que Abby y esas mujeres hayan sido más listas que Chacal y su podrida banda!, pensó Lucas.

Pasó unos cuantos kilómetros imaginándose la escena, mientras que Azúcar caminaba despacio pero segura por el sendero. Al llegar al mirador, desde donde habían divisado a *Dama Voladora,* Lucas despertó a Abby y los dos se bajaron del caballo.

Fueron hasta el borde del despeñadero y Lucas señaló con el dedo.

—Mira, se va el barco. Finalmente, el capitán Chandler va camino a Honolulu... y Chacal a prisión.

Decidieron comer ya que habían transcurrido cuatro horas desde la última comida. Abby vio que Lucas apenas probaba la comida.

—¿Qué sucede? ¿No tienes hambre? —le preguntó Abby.

—No mucha. Supongo que estoy satisfecho —contestó.

La alegría de Abby iba en aumento al punto que ya ni podía comer.

—Vamos a apurarnos. ¡Quiero ver a Ma antes de mañana! —dijo Abby.

Una vez en el sendero, sin embargo, el ritmo constante de Azúcar hizo que Abby se durmiera otra vez. Había estado despierta la mayor parte de la noche. Lucas tenía que sostenerla fuerte porque dos veces estuvo a punto de caerse. ¡Peor aún, roncaba!

—Dios mío, Abby, roncas como un sapo —dijo Lucas, pero Abby no lo escuchó.

Durante el viaje lo único que Abby hizo fue dormir y dejó que Lucas solo se preocupara por la llegada.

No hay duda alguna de que al ver a Abby los sombreros volarán en el aire, pero ¿y a mí... me echarán del rancho? Después de todo, si Abby no hubiera ido al bote el día de la tormenta, nunca hubiera naufragado, pensó Lucas.

No solo eso, Lucas sabía que los padres de Abby querían honrar la decisión de su tía. A pesar de no estar directamente enojados con él, ¿lo mandarían de regreso con su tía Dagmar?

No iré. ¡Prefiero encontrar al capitán Chandler y trabajar para él!

Cuando la tarde se tornó en temprano atardecer, Abby se despertó y se estiró. «Lucas, estamos llegando. ¡Lo presiento en mis huesos!», dijo Abby.

Y así era. Media hora más tarde, cuando el sol se ponía detrás de la montaña, haciendo sombra en el sendero, Abby y Lucas escucharon el ruido distante de alguien cortando leña. Abby se sentó erguida y cloqueó a Azúcar. «Deprisa, niña». Azúcar agilizó su paso cansado a un trote irregular.

Al dar la vuelta por una curva, se encontraron con un corral cercado con un caballo dentro. A la izquierda, en medio de una arboleda de kukui, vieron una pequeña casa de campo con un pórtico y el humo saliendo por la chimenea. En el patio había un hombre de espaldas a ellos secándose el sudor de la frente. Sostenía un hacha con ambas manos la cual levantó sobre su cabeza para volver a cortar un pedazo de madera. Antes de que pudiera golpear la madera Abby gritó: «¡Paaaa!»

Thomas Kendall se detuvo en pleno movimiento, giró para mirar por encima de su hombro y soltó el hacha. Quedó boquiabierto, sin decir palabra. Abby ya había saltado de Azúcar y corría hacia los brazos abiertos de su padre.

—¡Pa! —exclamó Abby tan fuerte que se quedó sin voz al mismo tiempo que las lágrimas rodaban por sus mejillas.

—¡Abby! ¡Ay, princesa! —dijo Pa y la levantó en brazos, hundiendo la cara de ella en su hombro—. ¡Gracias a Dios!

Después la bajó, pero con un brazo la mantuvo cerca de él.

—¡Ma! —Murmuró ahogado por la emoción.

Charlotte ya había salido al pórtico. Estaba asida al poste del pórtico, sin poder moverse, con una mano sobre la boca. Abby pensó que estaba a punto de caerse, pero Lucas saltó del caballo y llegó justo a tiempo para agarrarla. Ma se colgó de él al tiempo que Abby corría hacia ella. Y los tres se abrazaron como si de este abrazo dependiera la vida misma.

—¡Ay, Ma! —suspiró Abby mientras le caían las lágrimas—. ¡Ma, te extrañé! Hasta extrañé a Sara.

Su mamá tenía el rostro compungido.

—Creíamos que habías muerto, pero no perdí las esperanzas. ¡Gracias, Dios mío! —la apartó hacia atrás para mirarla bien, como asegurándose de que todo esto era real.

Ma volvió a abrazar fuerte a Abby. Sara abrió la puerta principal de la cabaña y quedó tiesa.

—Abby, ¿por qué te atrasaste tanto para llegar?

Todos se echaron a reír.

—Vengan, chicos —dijo Pa—. Tenemos que ponernos al día.

Él abrazó a Lucas mientras entraban a la casa. La cena tenía un aroma tentador.

Capítulo veinte

Hasta altas horas de la noche estuvieron contándose historias de las aventuras. Encendieron las lámparas, la puerta quedó abierta para que entrase la brisa y Ma atosigaba con comida y bebida a sus dos polluelos perdidos. Cuando no lo hacía se sentaba junto a Abby y le tomaba la mano, como reafirmando que en verdad estaba allí.

Presentaron a Lucas y al tío Samuel. Había pasado tanto tiempo desde que Abby lo vio, que apenas lo recordaba. Se parecía mucho a Pa, aunque tenía el cabello más gris y era más delgado. Su enfermedad le había dejado huellas. Abby y Lucas, antes que se hiciera de noche, dieron un recorrido por el rancho y notaron que necesitaba muchas reparaciones.

Hacía rato que Sara se había quedado dormida en el regazo de Pa así que la llevaron a su delgado colchón de paja. Alrededor de medianoche, cuando Ma fue a ver a Sara, regresó con la vieja lata de galletitas.

—El capitán MacDonald la encontró en cubierta la noche de la tormenta —Ma le dio la caja a

Lucas—, lo que está adentro es tuyo, Lucas. Esto fue lo que sostuvo nuestra esperanza. Al verla, nos dimos cuenta que probablemente tú estabas abordo escondido en el bote salvavidas que quedó a la deriva durante la tormenta. Desde aquel día he orado para que ustedes dos llegaran a salvo a tierra firme y estuvieran en camino de vuelta a nosotros —dijo Ma con ojos brillantes de amor.

Abby miró a su mamá y pensó: *El espíritu* aloha *vive en todas las madres que aman a sus hijos.*

Lucas abrió la tapa de la lata y sacó la escultura de veinticinco centímetros y su cuchillo de bolsillo. Sonrió.

—Algún día terminaré esto para ti, Abby.

Abby miró lo que él había tallado.

—¡Lucas, es Chispa, tu perro!

Pa se sentó.

—Ahora que hablamos de criaturas, en la mañana hay algunas que necesitan mi cuidado. Creo que es hora de irnos a dormir. ¿No te parece, Ma? —dijo Pa.

Ma asintió con la cabeza y apretó fuerte la mano de Abby.

—Estoy tan contenta de tenerte de nuevo bajo nuestro techo, amor —dijo Ma.

—Y hablando de techos, hay trabajo que hacer mañana en el nuestro. Lucas, te agradeceré mucho si me ayudas, hijo —dijo Pa.

Abby vio a Lucas respirar profundo y contento. *¡Él sabe que lo necesitamos!*

Pa siguió hablando.

—Lucas, en los próximos días le escribiremos a Dagmar y le informaremos que tú estás aquí. No quiero que nadie nunca pase por lo que la mamá de Abby y yo hemos pasado —dijo Pa.

—Sí señor —dijo Lucas, inclinando la cabeza.

—No pierdas las esperanzas, hijo. Tomará dos o tres meses para que las cartas vayan y vuelvan… tal vez más, si Dios así lo quiere —dijo Pa.

Todos rieron, y cada uno se fue a la cama: Abby y Sara en una pequeña habitación al lado de la cocina, y Lucas en un delgadísimo colchón de paja en la habitación del frente. Más tarde, esa misma noche, Sara, que dormía profundamente, se le pegó a Abby, tirando una pierna sobre su hermana, como para mantenerla cerca. Abby sintió satisfacción.

—Gracias, Dios —susurró antes de quedarse dormida.

Abby se despertó con el aroma del café y el tarareo de su mamá en la cocina. Hacía un par de horas que el sol se había asomado. Después escuchó martillazos y pensó: *Pa debe estar arriba, trabajando en el techo.*

Al entrar a la cocina vio a su mamá calentando agua para ella, ya había preparado la bañera de cobre. «Dijiste que te gustaría darte un baño, así que te lo preparé».

Hacía más de un mes que Abby no se bañaba con agua caliente y el jabón especial de lila que tenía

Ma. Se vistió con ropa limpia que sacó de su baúl y se sintió como una princesa. Mientras se mimaba a sí misma, el tío Samuel alimentó a Azúcar y le dio agua a todos los caballos. Luego, muy cansado, se retiró a su habitación para una larga siesta.

—Estaba peor cuando llegamos —dijo Ma una tarde en la cocina—. Las cosas están en mal estado.

Ma agitó la cabeza al ver el montón de cosas que el tío biólogo había acumulado a lo largo de los años.

—¿Qué sucede, Ma? Pa puede reparar todas estas cosas con ayuda de Lucas —dijo Abby.

Ma revolvió el azúcar en su taza de café frío.

—No es eso, Abby. Es la Gran Mahele.

—¿Qué es eso? —preguntó Abby.

—Por fin el rey accedió a que la gente común compre sus propias tierras. Es la primera vez en la historia de las islas que al rey no le pertenecerá parte de la tierra. Hasta ahora la mayoría de los isleños eran como sirvientes para él, y él era dueño de todo —le dijo Ma.

—¿Igual que en la antigua Europa bajo el sistema feudal? —preguntó Abby sorprendida—. ¿La gente común era como peones?

—Así es. Pero ahora pueden comprar la tierra en la que viven, lo cual es muy amable de parte del rey. Pero hay un problema, tienen que pagarle al rey un cuarto de su valor —dijo Ma.

—¿Por qué es tan malo? Parece un buen negocio —contestó Abby.

—Muchos de los jefes y la realeza son ricos y fácilmente pueden comprar grandes parcelas de tierra. Pero la mayoría de la gente común no puede hacerlo. Temo que la enfermedad de tu tío le ha hecho gastar todo su dinero. No está en condiciones de comprar la tierra que el rey le dio años atrás.

—¡Oh, no! —dijo Abby y suspiró pesadamente. *¿Tendremos que mudarnos de nuevo?*

—¿Y si vendemos algo de su ganado? —preguntó Abby.

—Solo para sobrevivir el año pasado tuvo que vender la mayor parte de su rebaño. No queda nada —dijo Ma.

Ma no tenía que decirle a Abby que estaban arruinados. No podían ayudar al pobre tío Samuel, ya que no habían venido solo para ayudarlo físicamente sino también para compartir la riqueza de su tierra. Ahora esa tierra se les estaba escapando de las manos.

Abby no supo qué decir para levantar el ánimo de su mamá, por lo que tomó una escoba y comenzó a barrer la casa. *Al menos puedo ayudar en cosas pequeñas.* Era la primera vez en su vida que no se quejaba por barrer. De hecho, estaba contenta de tener la oportunidad de hacer algo por su mamá que tanto la amaba.

Después Abby ayudó a Ma a preparar una sencilla cena de frijoles, papas al horno y puerco. Lucas y Sara no sabían la gravedad de la situación financiera, por lo que la cena era otro feliz momento para intercambiar historias y contar chistes. Tío Samuel tomó su estropeada guitarra y tocó algunas canciones y todos cantaron.

Esa noche, sin embargo, Abby no pudo dormir bien.

Capítulo veintiuno

A bby se levantó temprano, con el primer indicio del amanecer. Se puso su vestido de algodón azul con botones y despertó a Lucas, que roncaba en la habitación del frente.

—Vamos, sapo viejo —susurró Abby.

Lucas se sentó y se frotó los ojos.

—¿Yo? Tenías que haberte escuchado cuando veníamos montados en Azúcar. Me sorprende que tus padres no te oyeron venir. Supongo que pensarían que se avecinaba una tormenta —dijo Lucas.

Abby, bromeando, lo golpeó en el hombro.

—Vamos. Discutiremos afuera —le dijo Abby.

De un salto Lucas se puso de pie. Ya estaba vestido, había dormido con el pantalón y la camisa, y los dos salieron por la puerta principal. Abby pasó por el corral y se dirigió al bosque, pasando por árboles de plumeria, mar pacíficos rojos, y jengibre amarillo que comenzaba a tomar color con la luz naciente. Al llegar al despeñadero con vista a un valle, Abby se detuvo y se sentó con las piernas en el borde.

—Bien, estas son las novedades. Hay una nueva ley llamada Gran Mahele. Supongo que a largo plazo es algo bueno porque los isleños podrán comprar la tierra del rey. La mala noticia es que mi tío ahora tiene que comprar su tierra, a pesar de que el rey se la dio hace unos años. En el pasado, un nuevo rey podía tomar su tierra, pero una vez comprada y registrada, será suya para siempre —le dijo Abby.

Lucas la miró bajo la dulce luz del amanecer.

—¿Qué tiene de malo? —preguntó Lucas.

Ella dio media vuelta para mirarlo.

—No tiene dinero, ni tampoco mis padres. Eso quiere decir que perderá su tierra si alguien más viene a comprarla.

—Oh, no —exclamó Lucas.

—¡Exactamente! Acabamos de llegar y no quiero regresar a California… no por el momento. ¡Me encanta Hawai! —Abby habló con tanto entusiasmo que Lucas se rió entre dientes.

—Estoy de acuerdo, esto es algo bastante especial, pero no sé qué podamos hacer —dijo Lucas.

Abby buscó en el bolsillo de su vestido y sacó un papel marrón doblado.

—¿Qué es eso? —preguntó Lucas.

—Es la *tapa* que me dio Olani. Eh… este… hice una copia del mapa del tesoro… para si alguna vez lo necesitábamos —Abby parecía un gato con el canario de la familia asomándose por la boca.

Lucas se echó hacia atrás y largó una carcajada.

—Supongo que tus dibujos sí son útiles —dijo, moviendo la cabeza con asombro—. ¿Abby, planeaste aquello de dejar caer el mapa original al mar?

Abby sonrió.

—No quería que Chacal supiera que teníamos su mapa. Y me pareció que esa era una buena manera de hacerlo.

Lucas estaba admirado.

—Solías preocuparte por quedarte atrás debido a tus piernas. Aunque tengo el raro presentimiento que has estado llevando el paso por todos nosotros —le dijo.

—Gracias, Lucas —le dijo Abby contenta, pero con humildad—. Supongo que no tienes que tener las piernas más rápidas del pueblo si solo usas la mente que Dios te dio.

Lucas se serenó.

—Tienes razón. ¿Qué piensas hacer con la copia del mapa?

—Pensé que hoy por la mañana podríamos estudiarlo un poco, dormir bien y partir mañana en busca del tesoro. Realmente mis padres necesitan ese oro —luego Abby, como para terminar de convencerlo, agregó— ¡de todas maneras tenemos que devolver a Azúcar!

—Es verdad, ¿pero no crees que debemos hacer algo más antes de saltar de una sartén hirviendo directamente al fuego? —le preguntó Lucas.

—¿Qué cosa?

Lucas observó el valle a medida que iba amaneciendo. Una solitaria ave cantó gorjeando la bienvenida a la temprana mañana.

—Pensé que sería una buena idea orar primero —dijo Lucas.

Abby se quedó sorprendida.

—¡Bueno, Lucas, después de todo te estás convirtiendo en una criatura civilizada! Si ahora el Todopoderoso pudiera hacer algo con tu ronquido…
—dijo Abby.

Al ponerse de pie y encaminarse de regreso a la casa y al aroma a café y tocino, la voz indignada de Lucas corrió por el aire de esa tierra silenciosa.

—¡*Mi* ronquido!… ¡Déjame decirte, Abigail, que tú puedes competir con mil sapos cortejando a sus doncellas!

Abby levantó el mentón y aspiró por la nariz.

—¡Ja! ¡*Eso* parece ser un precio muy bajo a pagar por una compañera que posee un mapa!

Luego, sujetándose la falda, corrió hacia la cabaña gritando: —¡Te ganaré!

Lucas también corrió, pero, como de costumbre, la dejó ganar.

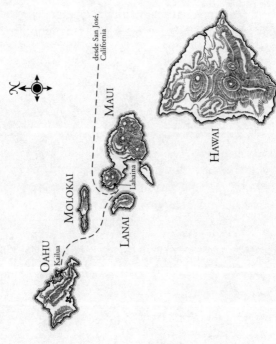

desde San José,
California

MAUI

MOLOKAI

Lahaina

OAHU

Kailua

LANAI

KAUAI

HAWAI

LAS
ISLAS
HAWAI

*No se pierda la próxima aventura
emocionante de la serie:
Aventuras en los Mares del Sur:*

¿Encontrarán Abby y Lucas el oro…
o alguna otra cosa? ¿Quién es ese siniestro
hombre que los está persiguiendo?

Gente, lugares
y palabras hawaianas

Sigue estas tres sencillas reglas para pronunciar correctamente las palabras hawaianas:

1. Igual que en español, las sílabas no terminan con una consonante. Por ejemplo, Honolulu debe pronunciar *Ho-no-lu-lu*, y no *Hon-ol-u-lu*.
2. La *h* se debe pronunciar como *j* y las *oo* como *u*.
3. Pronuncia todas las vocales de las palabras.

ali'i: Cacique hawaiano.

aloha: Palabra de bienvenida o de despedida. Una clase de amor recíproco, incondicional.

Cabello-nani: Cabello bonito.

Gran Mahele: División de tierras con intención de distribuir el territorio del rey entre la gente común y la realeza.

haole: Extranjero blanco, generalmente caucásico.

Hawai: La mayor de las islas del archipiélago hawaino.

Kaahumanu: Esposa favorita del rey Kamehameha, que ejerció como reina regente a su muerte.

kahuna: Cura de religión hawaiana, o persona santa o sabia.

kanaka: Hombre o trabajador hawaiano.

Kiave: Árbol con espinas agudas que llevaron a Hawai durante los años 1820.

Koa: El árbol nativo de mayor tamaño encontrado en los bosques hawaianos.

Lanai: Pequeña isla entre Maui y Molokai.

Maui: Isla grande, donde se encuentra Lahaina, la capital ballenera del Pacífico.

mauka: Hacia las montañas.

Molokai: Una de las tres islas que forman un triángulo natural (junto a Maui y Lanai).

nui: Gran, grande.

Oahu: Gran isla del archipiélago, donde está localizada Honolulu.

poi: Comida hawaiana hecha de la planta de taro.

pu—pus: Bocadillos o entremés variado.

tapa: Tela hecha con la corteza del papel del árbol de mora.

wahine: Mujer o hembra.

Palabras náuticas

Babor Izquierda.

Bergantín Un barco de vela que tiene de tres a cinco mástiles.

Borda Borde superior de un bote.

Bote auxiliar, botecillo, o bote salvavidas Pequeño bote o bote de remos que se utiliza para llevar marineros del barco a la orilla.

Escotilla Pasaje que lleva de cubierta a la parte inferior.

Estribor Derecha.

Goleta Barco de vela con al menos dos mástiles.

Litera Cama en un barco.

Mampara Parte elevada en cubierta.

Mástil Viga de madera que sostiene las velas.

Proa Parte delantera de un barco.

Popa Parte trasera del barco.

Acerca de la autora

Pamela Walls, escritora independiente, se enamoró de la gente hawaiana, de los animales y de las islas cuando consiguió empleo como tripulante en una embarcación de veinte metros de eslora.

«La primera vez que vi delfines en la proa, casi me tiro del barco —dice ella—, las ballenas jorobadas estaban tan curiosas conmigo como yo lo estaba con ellas».

Inspirada, regresó a la universidad y obtuvo un título en biología y escritura científica. Luego de pasar años escribiendo para periódicos y revistas, Pamela comenzó a inspirarse en sus aventuras en Hawai para empezar la serie Abby.

«¡He mirado a los ojos de una ballena salvaje de quince metros de largo, fui perseguida por una foca elefante de novecientos kilos de peso, he navegado a través de tormentas, he nadado con delfines, y he saltado desde una catarata (¡no lo intenten!). Nada se asemeja a la emoción que siento cuando el Creador del universo comparte su corazón conmigo», dice Pamela.

Su meta es escribir historias espirituales y realistas, motivo por el cual Abby no posee ni una vida ni un físico perfecto.

«Todo el mundo lucha con algo —dice Pamela— ya sea físico, emocional o mental. Yo heredé la misma debilidad que tiene Abby en las piernas.

»Los médicos no descubrieron ni diagnosticaron este tipo de debilidad hasta 1886, cuando tres científicos la identificaron al mismo tiempo. Hoy lleva el nombre en honor a esos tres investigadores y se conoce como CMT (Charcot—Marie—Tooth).

»CMT afecta a 150.000 estadounidenses y se encuentra en todos los grupos humanos alrededor del mundo. Lentamente, en el transcurso de sus vidas, los pacientes con CMT pierden fuerzas en las manos y los brazos, así como también en los pies y las piernas. La mayoría de los jóvenes con CMT pueden caminar, pero tienen dificultad para correr y saltar. A muchos les colocan soportes en las piernas.

»A pesar de haber sido descubierta hace cien años, CMT ha sido un misterio para la gente y, a menudo, para la comunidad médica.

»¡Durante toda mi vida me he caído, me he doblado el tobillo y, por lo general, he sido torpe! Tendrían que haberme visto, intentando correr carreras de relevos en las clases de gimnasia —dice Pamela— ya que no descubrieron que tenía CMT hasta ser una persona adulta. Sin embargo, al igual que Abby, confío en Dios para ayudarme a sobrellevar mis limitaciones. Él nunca me ha defraudado. Aquí está el versículo especial que Él me dio:

No se deleita [Dios] en la fuerza del caballo;
Ni se complace en las piernas ágiles del hombre.
El Señor favorece a los que le temen,
*   a los que esperan en su misericordia*
                              (Salmo 147:10-11, LBLA).

Recuerden, nada hay imposible para Dios. Cualesquiera sean *tus* desafíos, Él te ayudará cuando le entregues la situación; y especialmente, tu corazón. (Ver el Salmo 116:1-6.)

¡Me gustaría recibir cartas de ustedes! Pueden escribirme a: P.O. Box 2492, Hollister, CA 95024-2492.

Si quieren saber más de CMT, pueden comunicarse con la asociación CMT al 1-800-606-CMTA o CMTAssoc@aol.com